En mil huit cent quarante-un, le manuscrit de ce drame a été honoré d'une lecture
PAR M. VICTOR HUGO.

LE SACRILÉGE

DRAME ROMANTIQUE, A GRAND SPECTACLE, EN QUATRE ACTES, EN VERS

PAR

ELIACIM JOURDAIN

L'art est long.
(MIST.)

PARIS

COMON, AU COMPTOIR DES IMPRIMEURS-UNIS

15, QUAI MALAQUAIS

1851

En mil huit cent quarante-un, le manuscrit de ce drame a été honoré d'une lecture
PAR M. VICTOR HUGO

LE SACRILÉGE

DRAME ROMANTIQUE A GRAND SPECTACLE, EN QUATRE ACTES, EN VERS

PAR ÉLIACIM JOURDAIN

PERSONNAGES :

TANNEGUY, jeune peintre,
THÉOPHILE, capitaine aux Gardes du Roi.
CHATEAUNEUF, oncle de Tanneguy et de
  Théophile.
SAINT-PREUX } amis de Théophile.
MAUREPAS
Un Prêtre.
ROYER, notaire.
SETUVAL, dit Traine-Sabot, vagabond.
PEREZ, jardinier.
TELL, facteur.
SMITH, tavernier.
Deux Garçons taverniers.
Un Chœur de nuit.

ELVIRE, fiancée de Théophile, amante de
  Tanneguy.
MÉLUSINE }
ESTHER } danseuses de l'Opéra.
OCTAVIE
MARIQUITA, jeune fille séduite par Théo-
  phile.
Dame ORINAL, gouvernante de M. Château-
  neuf.
BERTHE, suivante d'Elvire.
Mme CHATEAUNEUF, mère de Tanne-
  guy.
Un Enfant.
Peuple.

ÉVREUX, 1715.

ACTE PREMIER.

Un jardin. Au premier plan, à droite, une maison de simple apparence ; au fond, un mur et une petite porte au
milieu, ouvrant sur une rue. On aperçoit dans l'éloignement une tour svelte et élancée.

SCÈNE Ire.

Dame ORINAL, *sortant de la maison, une lettre
cachetée à la main.*

Une lettre ! une lettre !.. Il me semble renaître...
Voyons ce qu'il m'écrit, pendant que mon cher maître,
D'un trop rare sommeil savoure les pavots. —
Quelle fin de martyr ! quels sentiments dévots !
Pauvre cher et saint homme ! Avant none ou complies,
Ses tâches d'ici-bas peuvent être remplies !..—
   (Regardant la lettre.)
C'est bien là mon adresse : « A madame Orinal,
»Née Anne Blanvillain.» (Oui, mon nom virginal...)
Quelle galanterie !
   (Continuant.)
     « A madame, madame...)
(Deux fois ! comme ça sait respecter une femme !)
»Gouvernante (doux mot !)... de monsieur Château-
»Evreux, en la cité, numéro trente-neuf,
»Normandie.» Ouvrons vite !
   (Elle ouvre la lettre.)
     Ah ! que vois-je ? (Mahonne)—
(Comme cela respire un parfum de Sorbonne !) —
« J'ai lu votre message avec des pleurs amers :
»Ah ! je traverserais les plus profondes mers,
»Pour serrer sur mon sein mon oncle, mon bon oncle...»
   (Se frottant l'avant-bras gauche.)
— Je verrai le docteur pour ce petit furoncle...—

« Pour serrer sur mon sein... sur mon sein...») Ah ! j'y suis !
   (*Bruit de pas au dehors.* — Dame Orinal
   regardant vers la porte du fond.)
N'ai-je pas entendu comme s'entr'ouvrir l'huis ?
Monsieur de l'Arrosoir, cet avaleur de gouttes...
Serait-il..?
   (Elle fait quelques pas.)
     Serait-il, d'aventure, aux écoutes ?
Hûm ! s'il l'osait jamais, l'infâme possédé...
Mais !.. reprenons.— « Pourquoi ne m'avoir pas mandé,
»Chère dame Orinal, trésor de prévenances,
»Ainsi que l'exigeaient les.? les convenances,
»De mon oncle chéri la rechute plus tôt ? » —
Je me laissais, seigneur, ce reproche tantôt :
Ah ! l'on ne pense pas à tout dans cette vie.
« Ma lettre de fort près par moi sera suivie :
»Je prends ce soir le coche éminemment à Evreux.
»Un de mes bons amis, messire de Saint-Preux,
»daigne m'accompagner dans mon triste voyage.
Je ne vous dirai point : Faites-lui bon visage ;
» m'en remets à vous, chère dame Orinal.—
»Traversant, ce matin, le Palais-Cardinal,
»Je vois en étalage un petit cachemire,
»Qu'avec un œil charmé la multitude admire ;
»Je m'approche et l'achète à votre intention :
»Vous le voir agréer est mon ambition,
»Le rêve de mes nuits, la fête de mes fêtes.
»Veuillez offrir, pour moi, mille choses honnêtes,
»A madame Duval, comtesse de Vernon,

»Que j'espère bientôt nommer d'un plus doux nom...
»Ayez, parfois, les yeux sur certaine mansarde,
»Ouverte à l'orient...— Dieu vous ait en sa garde!
»Je vous baise les mains, en attendant, hélas!
»Que je puisse voler, chère dame, en vos bras.» —
Quel excellent jeune homme! Il se peint dans ses lettres...
Croirait-on, doux Jésus, qu'il existe des êtres
A l'âme assez méchante, au cœur assez pervers,
Pour aller proclamer, en cent endroits divers,
Que ce cher Théophile est un grand matamore,
Chevalier reconnu des filles de Gomorrhe;
Un pilier de brelan, un que sais-je? un Calvin,
Disant qu'il communie, alors qu'il boit du vin;
Dînant, le vendredi, de jambon de Mayence;
Jouant avec les mots: honneur, devoir croyance;
Traitant d'absurdités nos histoires du gui...
Oh! c'est épouvantable!... ô monsieur Tanneguy,
Vous êtes un infâme avec vos douces mines,
Car vous êtes, surtout, une de ces vermines
Qui répandent ces bruits... oh! vous nous le paierez!
Vous quitterez Evreux avec votre Perez...

       (On frappe à la porte de la rue.)
On frappe! qu'est-ce?

       (Avec une feinte douceur.)
       Entrez, s'il vous plaît...

SCÈNE II.

DAME ORINAL, UN ENFANT *portant un paquet.*

DAME ORINAL.

       Sainte Armande!
  (A part.)
Mon châle du Thibet!

      (Haut.)
      C'est le petit Vermande!
Bonjour, mon chérubin! comment va la gaieté?

L'ENFANT, *confus.*
Madame...

DAME ORINAL, *lui caressant le menton.*
Je devine: ainsi que la santé?
Quels beaux yeux ça vous a! comme c'est frais et rose!
Que l'on baiserait bien cette bouche mi-close!
      (Elle l'embrasse.)
Hé bien! mon bon ami, qu'est-ce que ce paquet?
Quelque pieux cadeau de l'abbé Corniquet,
Mon bien-aimé neveu?...

      (Elle prend le paquet.)
      C'est bien son écriture,
Ses déliés, ses pleins...
  (Elle donne une pièce de monnaie à l'enfant.)
      Voici pour la voiture. —
Aimes-tu les bonbons?

L'ENFANT.
      Oh!!!

DAME ORINAL.
  (Elle lui donne un cornet de bonbons.)
      Tiens! mange...

L'ENFANT.
      Merci!
(Il ouvre le cornet et mange avidement.)

DAME ORINAL.
Comment se porte-t-on chez toi?

L'ENFANT, *la bouche pleine.*
      Couci-couci:
Papa souffre des dents...

DAME ORINAL, *l'interrompant.*
      Sais-tu quelque nouvelle?

L'ENFANT.
Un garçon boulanger s'est brûlé la cervelle,
Hier, en revenant de la foire Saint-Gui.

DAME ORINAL, *jouant l'indifférence.*
Le malheureux!— Vas-tu souvent chez Tanneguy?

L'ENFANT, *avec amour.*
Plutôt trente fois qu'une! ah! c'est un grand artiste...

Quel dommage, mon Dieu, qu'il soit toujours si triste!
J'aime tant à jouer avec ses longs cheveux;
A jeter avec lui, dans l'Iton, le verveux,
Au lever de l'aurore, aux clartés des étoiles...
Si son oncle voyait toutes ses belles toiles...

DAME ORINAL.
Hélas! mon cher enfant!...

L'ENFANT, *bas.*
      Ce jardin est discret?

DAME ORINAL, *de même.*
Discret? comme la tombe!

L'ENFANT.
      Écoutez un secret:
Mademoiselle Elvire...

DAME ORINAL.
      Achève!

L'ENFANT.
      Aime...

DAME ORINAL, *à part.*
      Je tremble!

L'ENFANT.
Mon ami.

DAME ORINAL, *à part.*
      Que dit-il?

L'ENFANT.
Je les ai vus ensemble,
Devers les *Cordeliers*, tout à l'heure, en venant.
Hélas! que leur hymen me serait avenant!
Si Dieu daigne exaucer mes ferventes prières,
Il se fera bientôt!

DAME ORINAL, *à part.*
      Nous mettrons des barrières!
  (Haut.)
Ce serait un beau couple! Espérons...

      (A part.)
      Quel fanal!

L'ENFANT, *s'en allant.*
Au plaisir de vous voir, chère dame Orinal!

DAME ORINAL.
Adieu, mon chérubin! Le bonjour à tes proches!

SCÈNE III.

DAME ORINAL, *seule.*

C'est un très grand malheur; mais je suis sans reproches.
      (Regardant son paquet.)
Je puis bien accepter ce châle sans péché?
      (Elle ouvre le paquet et admire le châle.)
Quel tissu!
      (Le maniant.)
      Que c'est doux! que n'ai-je ma psyché.
      (Elle le jette sur ses épaules.)
Je veux aller dimanche ainsi par Notre-Dame...
      (Elle se promène de long en large.)
Comme j'effacerai la bonne du Vidame!
Comme elle crèvera de dépit dans sa peau!... —
Monsieur de Châteauneuf, il me faut un chapeau!
      (S'animant.)
Il m'en faut un, vous dis-je! orné de fleurs, encore!
Je vous soigne assez bien, il me semble...

SCÈNE IV.

PEREZ, DAME ORINAL.

PEREZ, *la bêche sur l'épaule, sans être vu de
dame Orinal.*

      Pécore!
Cette scène le prouve... Oh! les femmes! Vit-on
Jamais rien de pareil sur les bords de l'Iton?
Je crois qu'elle s'admire...
      (Il pose sa bêche à terre et s'appuie dessus.)

DAME ORINAL.
Il me vient une idée!

PEREZ.
Sans doute, comme toi, cacochyme et ridée!
Voyons!

DAME ORINAL.
Qui me défend de me remarier?

PEREZ.
Tes cinquante ans! — Après!

DAME ORINAL.
Personne!
(Elle rêve un instant.)
Un encrier!

PEREZ.
Pourquoi faire, de l'encre?

DAME ORINAL, *avec désespoir.*
Hélas! dans mon délire,
J'oubliais, ô mon Dieu...

PEREZ, *achevant.*
Que je ne sais pas lire:
Présent!

DAME ORINAL.
Avoir une âme accessible à l'amour,
Et vivre solitaire à l'ombre d'une tour...

PEREZ.
C'est malheureux!

DAME ORINAL.
Hélas! au midi de mon âge!

PEREZ.
Peste! décidément, sa tête déménage!
Elle se croit au temps du sieur Mathusalem...

DAME ORINAL.
Collines de Sion!...

PEREZ...
C'est loin!

DAME ORINAL.
Jérusalem!
(Apercevant Perez, immobile.)
Ah!!!

PEREZ.
Qui vous pique?

DAME ORINAL.
Ah!!!

PEREZ.
Ah! quelle parole brève.

DAME ORINAL, *allant à lui et lui serrant le bras.*
Vous n'êtes point Perez, n'est-ce pas? c'est un rêve?

PEREZ.
Ma foi! je suis Perez, le jardinier.

DAME ORINAL.
Non, non!

PEREZ.
Est-ce que, d'aventure, on ne sait plus son nom?

DAME ORINAL, *lui lâchant le bras, avec dédain.*
Vous n'êtes point Perez,

PEREZ.
Par votre vieille gorge,
Vous en avez menti!

DAME ORINAL, *se débattant.*
J'étouffe!

PEREZ.
Bah!

DAME ORINAL.
De l'orge!

PEREZ.
Elle est encore aux champs.

DAME ORINAL, *indignée.*
Sortez!

PEREZ.
Hein!

DAME ORINAL.
Sortez!

PEREZ.
Moi?

DAME ORINAL.
Allez voir si je suis sur le pavé du roi.

PEREZ.
J'ai des yeux.

DAME ORINAL.
Et quels yeux!

PEREZ.
Porteuse de lunettes,
Fermez le côté gauche et bayez aux planètes!

DAME ORINAL.
Vous êtes un espion!

PEREZ.
D'accord.

DAME ORINAL.
Un réprouvé!

PEREZ.
Connu, femme sensible,

DAME ORINAL.
Un impie!

PEREZ.
Approuvé.

DAME ORINAL.
Un infâme!

PEREZ.
Un infâme.

DAME ORINAL.
Un Huguenot.

PEREZ.
Oui.

DAME ORINAL.
Lâche!
Quelle salade manque à ton déjeuner?

PEREZ.
Mâche!
Et j'en venais cueillir, alors qu'à mes regards
Vous êtes apparue en thibet.

DAME ORINAL.
Sans égards
Pour mon sexe timide et ma haute gérance,
Vous êtes demeuré, jugeant sur l'apparence!
Misérable!

PEREZ.
C'est vrai, que je n'ai pas le sou
Les trois quarts de l'année...

DAME ORINAL.
Il est...vous êtes soû!

PEREZ.
De vous? c'est bien possible.

DAME ORINAL.
Oh! c'est une infamie!

PEREZ.
Allons! faisons la paix, et dites-moi, ma mie,
Combien vous a coûté ce précieux tissu:
Charmant, sur mon honneur!

DAME ORINAL.
Que t'importe, bossu?

PEREZ, *à part.*
Être appelé bossu par cette S...
(Haut.)
Ma cousine,
Regardez-vous, de grâce, en la mare voisine;
Vous m'obligerez fort...
(A part.)
Bossu! Vieille guenon!
Comme cela se vend des flots de galbanon!
(Haut.)
Du neveu préféré c'est un cadeau, je gage?

DAME ORINAL.
Cesserez-vous bientôt, monsieur, votre langage?

PEREZ, *négligemment.*
Peut-être... je ne sais... avant, répondez-moi:
Ai-je deviné juste?

DAME ORINAL.
O mon Dieu!...

PEREZ.
Votre émoi
Me confirme...

DAME ORINAL.
Arrêtez !
PEREZ, *avec intention.*
Que je cherche l'enseigne,
Le nom de mon marchand châlier...
DAME ORINAL, *à part.*
Le cœur me saigne...
Oh ! c'est un guet-apens à jamais inoui...
PEREZ.
Messire Théophile a bon goût...
DAME ORINAL, *éclatant.*
Hé bien ! oui !
Oui, jardinier du diable ! oui, monsieur l'hérétique !
Ce châle merveilleux, ce châle asiatique,
Ce châle sans égal par toute la cité,
Que vous considérez avec stupidité, —
Car, à la fin des fins, votre jargon m'assotte, —
Ce châle est un cadeau de Théophile !
PEREZ, *à part, haussant les épaules.*
Sotte,
Il se moque de toi !... — Comme je me jouais !
M. CHALEAUNEUF, *de l'intérieur de la maison,*
d'un ton plaintif.
Anne !
DAME ORINAL, *avec empressement.*
Monsieur ?
(D'un ton tragique.)
Je pars ! crains ma vengeance !
Elle sort lentement, en se gourmant.)

SCÈNE V.

PEREZ, *seul, d'un ton tragiquement grotesque.*
Ouais !
Je pars ! Croirait-on pas, n'était sa jupe sale,
D'une tragédienne allant quitter la salle ?
Comme cela m'afflige et me fait faire un bond,
Qu'elle aille retrouver l'ombre du Moribond ! —
(Pause.)
Morbleu ! conçoit-on ça ? Parce que feu son père,
Au rapport du bedeau, payé par la vipère, —
C'est-à-dire la dame appelée Orinal, —
Négligeait, quelquefois, le confessionnal,
Laisser ce pauvre enfant gagner le soir sa couche,
Sans avoir pu porter un oignon à sa bouche,
De tout le jour, tandis qu'il accablé d'écus
L'autre, fat qui s'amuse à faire des cocus,
De l'un à l'autre pôle, avec la négligence,
Avec le front d'airain d'un roué de Régence,
Qu'il est...

SCÈNE VI.

PEREZ, THÉOPHILE, SAINT-PREUX.

THÉOPHILE.
Bonjour, Perez !
PEREZ.
Serviteur !
THÉOPHILE, *à Saint-Preux, qui s'est arrêté au seuil*
de la porte et regarde dans la coulisse.
Entrez donc,
Monsieur le chevalier !
SAINT-PREUX, *descendant la scène.*
Je regardais...
PEREZ, *se disposant à sortir et mettant la main*
à son bonnet.
Pardon !...
THÉOPHILE.
C'est cela ! va porter nos malles dans ma chambre ;
Serre mes pistolets et décoiffe mon ambre.

SCÈNE VII.

THÉOPHILE, SAINT-PREUX.

THÉOPHILE.
Je déteste cet homme ; il sort fort à propos. —
Hé bien...?
SAINT-PREUX.
Comme tu vois : allègre, frais, dispos.
(Il fait la même interrogation des yeux et de la
tête à Théophile.)
THÉOPHILE.
Allègre, frais, dispos ! — Asseyons-nous.
SAINT-PREUX.
C'est juste.
(Essayant la résistance de sa chaise.)
Quelle simplicité d'avare ou bien de juste !
THÉOPHILE.
C'est que, vois-tu, mon cher, ici tout se fait vieux !
SAINT-PREUX, *regardant dans la coulisse, à gauche.*
Cela s'appelle Evreux ?
THÉOPHILE.
Cela s'appelle Evreux.
Ciel de plomb éternel, quatre ou cinq mois de pluie
A faire rendre l'âme à tous les parapluies ;
Des chaumières sans pain, ouvertes à tous vents,
Près de riches hôtels, près de riches couvents,
Quelques acres de bois, douze ou quinze visages
Qu'on peut voir sans crier aux funestes présages,
Cerises en juillet, vin à préférer l'eau
Comme plus salutaire...
SAINT-PREUX, *l'interrompant.*
Au diable le tableau !
Retourne-le, mon cher ; ma vue est satisfaite.
THÉOPHILE.
Avec l'original ressemblance parfaite !
En revanche, on y boit beaucoup de *gloria*.
A propos, nous logeons rue *Ave, Maria*.
Sache le retrouver, si tu courais la fille,
Ton Oreste bâillant au sein de sa famille,
Mais nous ferons en sorte, ô sire de Saint-Preux,
De ne point vous laisser explorer, seul, Evreux :
Le cher oncle, au moyen de saintes balivernes...—
Quelque pauvre que soit la Villette en tavernes,
Il s'y trouve, pourtant, un bouge, un cabaret
Où l'on boit, à vingt sols, un petit vin clairet,
Que l'on croirait natif des pressoirs de Sardaigne,
Qui vous fait, malgré vous, regarder à l'enseigne,
Si le petit nonain que l'on y voit priant,
Ne va pas, d'aventure, en descendre, riant,
Et vous venir prier, selon l'antique usage,
D'arroser, d'un baiser, les lys de son visage. —
Le bon temps, que celui de madame Jacob
Dont nous parle la Bible !...
SAINT-PREUX.
Et du bonhomme Job,
Sur son fumier gisant, que pensez-vous, messire ?
THÉOPHILE.
Celui-là, je le tiens... pour le plus triste sire
Que la Terre ait porté, depuis qu'elle s'ébat
Dans les plaines de l'air...
SAINT-PREUX.
Impius ! quel sabbat
Vous compte dans ses rangs, pour parler de la sorte
Du serviteur de Dieu ? Voulez-vous que je sorte ?
Poursuivez sur ce ton, homme pernicieux !
THÉOPHILE.
Priez pour moi, mon cher, quand vous serez aux cieux,
Car je doute pas que de telles paroles
Ne vous mènent tout droit engloutir des noroles
Avec les défenseurs de la religion,
Quoiqu'on dise Luther, bénigne légion !
Au pape Borgia mille choses doucettes
Sur l'efficacité de ses grandes recettes,
Si vous voyez au ciel Sa chère Sainteté... —

(Changeant de ton.)
Trouves-tu pas, dis-moi, que ce nom détesté,
Ce nom de Borgia, ce nom plein d'énergie,
Devait bien résonner, au milieu d'une orgie ?
Borgia ! je voudrais m'appeler Borgia :
Lors, supprimant le B...

SAINT-PREUX.
Tu serais *Orgia*...
Je suis tenté de croire, avec l'ami d'Espailles,
Que le noble parrain de ces grandes ripailles
Est Alexandre six, le pape incestueux.

THÉOPHILE.
Tel est mon sentiment sur ce voluptueux ;
Mais parlons d'autre chose : il est trente chapitres
Cent fois plus attrayants que des écarts de mitres.

SAINT-PREUX, *bâillant*.
D'accord, car je m'ennuie à me jeter à l'eau...

THÉOPHILE.
C'est un genre de mort assez laid pour un *beau*.
Parlons amour !

SAINT-PREUX.
Voyons. J'écoute. Monte en chaire.
Ne plane pas trop haut, tâche de me distraire.

THÉOPHILE, *avec une onction grotesque*.
Mon frère, le bonheur est dans le célibat...
Qu'en dites-vous, mon frère ?

SAINT-PREUX.
Accordé sans débat.

THÉOPHILE.
Mais il faut être riche... avoir une voiture...

SAINT-PREUX.
C'est mon avis, mon frère.

THÉOPHILE, *caressant le pommeau de son épée*.
Avoir à la ceinture
Autre chose qu'un fer redouté de soudans :
Une escarcelle avec quelque chose dedans.

SAINT-PREUX.
L'or a toujours été le nerf des entreprises,
Aussi bien en amour, — ce pays des surprises, —
Qu'en querelles de rois.

THÉOPHILE.
Tu parles en docteur. —
Or ça, je vous dirai, bénévole auditeur,
Que la belle Lutèce a retourné ma poche
Avec un si grand soin, que j'ai su fuir le coche,
Emportant un morceau de mon dernier louis...

SAINT-PREUX, *atterré*.
Qu'entends-je ! quel désastre ! ô Ciel ! tu m'éblouis !
Tu plaisantes ?

THÉOPHILE.
Du tout ! — Comme tu me regardes !

SAINT-PREUX.
Toi, le beau Châteauneuf, capitaine des Gardes,
Dont les petits soupers sardanapaliens
Étaient de grands extra de ducs italiens ;
Toi, qui donnes le ton à la Cour et la Ville,
Toi le vainqueur en pied de Blanche d'Estouville,
Tu serais à ce point mal avecque Plutus ?
Je n'en puis croire, hélas ! mes esprits abattus !

THÉOPHILE.
Hé ! ce sont justement mes soupers de Régence
Qui me jettent, mon cher, aux bras de l'indigence,
Vieille bohémienne aux pieds embarrassés
Par la ronce et l'épine, — aux habits fricassés,
Et dont le regard terne est une flétrissure :
Va, je n'aspirais point ses baisers, je t'assure,
Guenipe !...

SAINT-PREUX.
Il faut veiller (la mer est aux écueils),
Mon cher, ou commander, des demain, nos cercueils,
Car tu connais l'actif de ton ombre fidèle :
Des dettes à foison, plus une baridelle,
A laquelle Sancho, de souvenir joyeux,
Eût préféré son âne, eût-il perdu les yeux.
J'ai bien, par-ci, par-là, quelques restes de tantes ;
Mais elles sont, hélas ! toutes si bien portantes,

Que je ne compte plus dessus leur crevaison
Pour faire redorer mon dédoré blason.

THÉOPHILE.
Pourquoi ne pas vouloir rentrer dans les ténèbres ?

SAINT-PREUX.
Que je regrette, ami, les oraisons funèbres
Que, dans mes soirs d'hiver, religieux neveu,
Je leur faisais d'avance...

THÉOPHILE, *riant*.
Ah ! l'impayable aveu ! —
Laisse-moi, toutefois, au nom de ta grand'tante,
Reprendre la parole et suivre ma chimère :
Je te disais, plus haut, que j'allais être à sec,
Le temps de retenir un mot : salamalec.
Or..., — ne m'interromps plus, car, le diable me damne !
Vers la conclusion j'avance comme un âne
Passant une rivière au son du mirliton,
Instrument fort prisé sur les bords de l'Iton. —
Or, il n'est qu'un moyen (ô triste destinée !)
De me remettre à flot : c'est un bon hyménée.
Je t'ai déjà parlé cinquante fois de ça,
Mais la mnémotechnie est celle de Pança ;
Et puis, j'en conviendrai, c'était toujours à table,
En sablant le xérès au parfum délectable,
Le champagne mousseux ; et, ma foi, tu peux bien
Ne plus te souvenir, à cette heure, de rien.
Je vous ferais injure, illustrissime infâme,
De vous développer ce que c'est qu'une femme,
Combien ça gêne peu, combien c'est confiant,
En fait d'économie, enfin, édifiant.
Je ne te dirai point que je veux être libre,
Fréquenter, s'il me plaît, des gens de tout calibre,
Courir la pretentaine avec les Zingari, —
Comme si rien n'était, — quand je serai mari !
Tu sais, à cet égard, de quel bois je me chauffe.

SAINT-PREUX, *à part*.
Le geste s'assouplit, la prunelle s'échauffe...
(Haut.)
Dieu du ciel ! comme si je l'avais allaité !

THÉOPHILE.
Bonne table, bon vin, entière liberté ;
Pour t'aimer, si je puis, une fillette d'Ève,
Telle fut, est, sera, ma devise... mon rêve.

SAINT-PREUX.
C'est bien comme cela que je l'entends aussi,
Par les cornes du diable...

THÉOPHILE.
Ajoute : reversi !
Je ne sais trop pourquoi j'aime ce jeu de cartes,
Comme toi, sur le pré, les tierces et les quartes.

SAINT-PREUX.
Hélas ! j'aurais dû naître au siècle des géants...

THÉOPHILE.
Ma colombe demeure à deux pas de céans :
Si j'avais sous la main ombre d'observatoire,
Je te régalerais...

SAINT-PREUX, *l'interrompant*.
De ?

THÉOPHILE.
De son oratoire.

SAINT-PREUX *fait une moue de désappointement*.

THÉOPHILE.
Car elle est très pieuse... — Elvire de Vernon...

SAINT-PREUX.
Elvire ? j'en connais de belles !

THÉOPHILE.
Est son nom ;
Cent mille écus de dot, beauté, grâce, jeunesse,
Le meilleur des partis qu'alentour je connaisse ;
Mais il est un obstacle à la possession
De ces trésors d'amour, val de promission.
Sans être tout-à-fait mal avec la petite,
Je ne suis pourtant pas, entre nous, eau bénite ;
Elle accueillit, parfois, avec quelque froideur
Les serments empressés de ma brûlante ardeur ;
Je la surpris, aussi, rêveuse à mon approche,

Et dans ses yeux d'azur je crus lire un reproche.
A mon dernier voyage, — il m'en souvient encor,
Je lui fais un présent : c'était un peigne d'or,
Si j'ai bonne mémoire ; hé bien ! elle refuse, —
Les yeux mouillés de pleurs, rougissante, confuse, —
De le mettre. Pourquoi? Pour ne pas déranger
Un reste de pensée, un rameau d'oranger,
Un brin d'herbe, que sais-je? — Ah! quels flots d'atrabile
Me fit faire, en ce jour, la bergère nubile!

SAINT-PREUX.

Et la mère?

THÉOPHILE.
La mère a le plus vif désir
De me nommer son gendre.

SAINT-PREUX.
Ah!... tu me fais plaisir,
Car je sentais mon sang me manquer de parole,
Vrai comme je craignais la p'tite vérole
Pour mon premier amour, qui jurait par l'Enfer
De ne se point soumettre au scalpel de Jenner.

THÉOPHILE.
La mère m'aime tant, que, n'était sa patronne,
Ses trente-sept hivers et ses roses d'automne,
Je crois qu'elle oserait me demander ma main...

SAINT-PREUX.

Ah!

THÉOPHILE.
De ces amours mûrs je sais le lendemain,
Sois tranquille! — A la fin, donnons une seconde
Au Mourant, que le Diable emporte en l'autre monde,
Dès ce soir, s'il aspire à l'admiration
Du plus fameux pêcheur de la création.

(A la maison.)
Bouche-toi l'auricule, ô pieu e bicoque, —
Son mets, le plus souvent, est un œuf à la coque,
Comptant, depuis la ponte...ah! bah! six mois entiers!

SAINT-PREUX.
L'œuf est fort en honneur auprès des héritiers;
C'est excellent, dit-on, avec de la piquette.
J'affirme vaguement, car, pour moi, l'étiquette
Ne m'a jamais permis...

THÉOPHILE.
Quel respect nous portons
A la dame! Tudieu!

SAINT-PREUX.
Reviens à tes moutons,
C'est-à-dire, à ton oncle.

THÉOPHILE.
A force de lésines
Et vingt ans de commerce avec les Mélusines,
Que nous appelons, nous, des filles d'opéra, —
Il était ciseleur, orfèvre et cætera, —
Il fit fortune; alors, quittant la capitale,
Il revint digérer en sa ville natale,
Dont il est aujourd'hui le plus riche crésus,
C'est moi qui te le dis!

SAINT-PREUX.
Par la Vierge et Jésus!
C'est une qualité comme une autre... et de mode!
Je conçois, maintenant, qu'il te serait commode
(Ne me va point traiter, après çà, de devin)
D'avoir, par devers toi, deux mots de l'échevin
Constatant que, tel jour, tel mois et telle année,
Du sieur de Châteauneuf finit la destinée...

THÉOPHILE.
Vous avez de l'esprit, et du meilleur aloi :
Vous lisez dans les gens comme un homme de loi,
Un poète sans pain et sans gîte et sans femme;
Signez, à l'avenir : « Saint-Preux, docteur ès âme.»
Oui, Théophile enrage et la nuit et le jour
De ne point voir son oncle au céleste séjour :
A bientôt soixante ans, il est encor de ce monde,
Alors, surtout, qu'on porte aux doigts une Golconde
Qui devrait scintiller sur un front de satin !
C'est à jeter le gant à monsieur le Destin,
A se mettre à la broche...

SAINT-PREUX.
Ah ! ce serait fort drôle !
Apercevant M. Châteauneuf, qui entr'ouvre la
porte de sa maison.
Chut ! silence ! l'on vient...
(M. Châteauneuf, coiffé d'un bonnet de coton et en
robe de chambre, s'avance, une canne à la main,
soutenu par dame Orinal)

SCÈNE VIII.

LES MÊMES, M. CHATEAUNEUF, DAME ORINAL.

THÉOPHILE, bas, à Saint-Preux.
Le vieux singe! A mon rôle!

SAINT-PREUX, à part.
Le farceur, sur ma foi, rendrait un cheveu.
Théophile s'élance au cou de son oncle, qu'il
embrasse avec effusion.

DAME ORINAL, à M. Châteauneuf.
Appuyez-vous sur moi!

THÉOPHILE.
Mon oncle !

M. CHATEAUNEUF.
Mon neveu !

THÉOPHILE.
Mon oncle! c'est bien vous?

CHATEAUNEUF.
Mon neveu!

DAME ORINAL.
Sainte Armande!

THÉOPHILE.
Voyez couler mes pleurs!

SAINT-PREUX, à part.
Ajoutez : de commande.

THÉOPHILE, à son oncle.
Je ne vous quitte plus!

CHATEAUNEUF.
Mais je te quitterai,

Moi !

THÉOPHILE.
Non, mon oncle, non!

CHATEAUNEUF.
Je sens que je mourrai
Prochainement...

SAINT-PREUX, à part.
Tâchez, s'il se peut, mon brave homme!
Car nous avons besoin d'une fort ronde somme.

THÉOPHILE.
Vous ne pouvez mourir!

DAME ORINAL, pleurnichant.
C'est...ce...que... ... ...dis!

SAINT-PREUX, à part.
L'enfer serait-il plein?

CHATEAUNEUF.
Je vois le paradis
Toutes les nuits, en rêve...

SAINT-PREUX, à part.
Ah! c'est un mauvais signe,
Coriace vieillard...

DAME ORINAL.
Vous en êtes si digne!

THÉOPHILE.
Le juste voit le ciel à toute heure du jour!

SAINT-PREUX, à part.
C'est qu'il ne cherche point ces choses sur la tour...

CHATEAUNEUF.
Je suis vieux, mes amis! soixante ans...

THÉOPHILE.
C'est tout jeune !

SAINT-PREUX, à part.
Hein?

DAME ORINAL.
C'est le plus bel âge !

CHATEAUNEUF.
Épuisé par le jeûne,
Les macérations...

SAINT-PREUX, *à part*.
Je n'en puis dire autant.

DAME ORINAL.
Ciel!

CHATEAUNEUF.
Je désirerais respirer un instant
Les arômes des fleurs. Voyez-vous une chaise?

THÉOPHILE.
Dans votre bon fauteuil vous serez plus à l'aise,
Mon oncle; permettez que je l'aille quérir.

CHATEAUNEUF.
Ne te dérange pas...

DAME ORINAL, *à M. Châteauneuf*.
C'est qu'il veut vous guérir,
Votre cher Théophile...

CHATEAUNEUF.
Anne pure!... qu'il m'aime!

DAME ORINAL, *à Théophile*.
Dans la chambre à coucher! Restez! j'y vais moi-même.
(Elle fait quelques pas.)

THÉOPHILE.
Je ne le puis souffrir!...

CHATEAUNEUF, *à part*.
Douce rivalité!
(Dame Orinal reprend le bras de M. Châteauneuf.)

SAINT-PREUX, *à part*.
Parlez-moi d'un mourant pour être dorloté!

CHATEAUNEUF.
Très chère Anne!

DAME ORINAL.
Monsieur!

CHATEAUNEUF.
La vie au cœur me monte...

SAINT-PREUX, *à part*.
Qu'entends-je! que dit-il? ce n'est pas notre compte!

CHATEAUNEUF.
Depuis que mon neveu m'a serré sur son sein.

DAME ORINAL, *à part*.
S'il vit, que deviendra mon amoureux dessein?
Haut.
Quelle heureuse nouvelle!

SAINT-PREUX, *à part*.
Elle est, par Dieu! plaisante!

CHATEAUNEUF.
Je me surprends, aussi, la tête moins pesante...
Vous devriez, je crois, me sortir plus souvent:
Cette brise légère...

DAME ORINAL.
Il fait un peu de vent.

CHATEAUNEUF.
Non...

DAME ORINAL.
Un peu!

CHATEAUNEUF.
Vous croyez?

DAME ORINAL.
Si la flèche est exacte...

CHATEAUNEUF, *avec inquiétude*.
Elle tourne?

DAME ORINAL.
Beaucoup!

CHATEAUNEUF.
Alors, je me rétracte...

SAINT-PREUX, *à part*.
Sot!...

CHATEAUNEUF, *étendant sa main autour de lui*.
Vous avez raison: je sens des vents coulis...

DAME ORINAL.
Cela cause, parfois, de grands torticolis...

CHATEAUNEUF.
Torticolis? rentrons!

SAINT-PREUX, *à part*.
Vieille chiffe déteinte!

DAME ORINAL.
Rassurez-vous, monsieur, vous êtes hors d'atteinte:
J'ai sur moi ma relique... et vous la connaissez...

CHATEAUNEUF.
Une dent de Taurin!

SAINT-PREUX, *à part*.
Est-elle grosse?
(Dame Orinal enfonce le bonnet de coton de M. Châteauneuf.)

CHATEAUNEUF, *à dame Orinal*.
Assez!
J'aime avoir le front libre, Anne, afin que mes fautes
Puissent s'y réfléchir aux regards de mes hôtes...

DAME ORINAL.
Moins injuste pour vous, je dirai: vos vertus.

CHATEAUNEUF.
Mes fautes!

DAME ORINAL.
Vos vertus!

CHATEAUNEUF.
Fautes!

SAINT-PREUX, *à part*.
Sont-ils têtus!

DAME ORINAL.
J'étais sur le pavé, — le fait est véritable, —
Vous m'avez dit: « Venez vous asseoir à ma table! »
J'avais quatre cousins aussi pauvres que moi,
Vous les avez nourris, vêtus, logés en roi...

CHATEAUNEUF.
Anne!

DAME ORINAL.
Dieu seul pourrait me contraindre à me taire!

SCÈNE IX.

LES MÊMES, THÉOPHILE.

SAINT-PREUX, *bas, à Théophile*.
Enfin!

THÉOPHILE, *de même*.
J'avais deux mots à dire au secrétaire...

SAINT-PREUX, *à part*.
Il faut en convenir, nous sommes deux sujets...

THÉOPHILE, *portant un fauteuil*.
Pardonnez-moi, mon oncle: une foule d'objets
Que vous m'avez appris à toucher avec crainte,
Couvraient votre fauteuil; ma religion sainte
Me faisait un devoir de les mettre en lieu sûr,
C'est-à-dire, à l'abri de tout contact impur...
Ah! c'est que je n'ai pas, avecque les années,
Oublié les leçons que vous m'avez données.
Messire de Saint-Preux!... avancez, chevalier!
(À son oncle.)
Permettez-moi, mon oncle...

SAINT-PREUX, *bas, à Théophile*.
Il est fol à lier!

THÉOPHILE, *bas, à Saint-Preux*.
Chut!
(À son oncle.)
De vous présenter un ami de voyage;
(À dame Orinal.)
Dont je vous entretiens dans mon dernier message,
Chère dame Orinal...
(Saint-Preux salue.)

CHATEAUNEUF.
Soyez le bien-venu,
Messire!...
(Saint-Preux salue aussi dame Orinal.)

DAME ORINAL.
Dieu vous garde!
(À part.)
Ah! quel air ingénu!

THÉOPHILE, *bas, à Saint-Preux*.
Desserre donc les dents: quelques cagoteries!

SAINT-PREUX, *avec componction, à M. Châteauneuf.*
Si le Ciel de mon cœur exauce...
    THÉOPHILE, *bas, l'interrompant.*
        Les giries...
    SAINT-PREUX.
Les prières...
    THÉOPHILE, *bas.*
    Chaud! chaud!
    SAINT-PREUX.
    Respectable vieillard...
(M. Châteauneuf fait une légère grimace.)
    THÉOPHILE, *bas, à Saint-Preux.*
Mau ais! il se croit jeune!... allons donc, nasillard!
    SAINT-PREUX.
Vous vous reposerez...
    THÉOPHILE, *bas, à Saint-Preux.*
      Prends garde au cimetière!
    SAINT-PREUX.
Sous les ombrages frais de la vallée entière,
Avant qu'il soit deux jours, léger comme l'oisel
Que va chassant...
    THÉOPHILE, *bas, à Saint-Preux.*
    Très bien!
    SAINT-PREUX.
      Le jeune damoisel...
Les roses de l'enfance...
    THÉOPHILE, *bas, l'interrompant.*
      Assez! c'est par trop tendre!
    SAINT-PREUX.
Les lys...
    THÉOPHILE, *bas, l'interrompant.*
Garde tes lys!
    CHÂTEAUNEUF.
      Puisse Dieu vous entendre!
Me guérir et m'ôter, hélas! quelque vingt ans!
(A Théophile.)
Vous êtes arrivés...?
    THÉOPHILE.
    Depuis quelques instants...
    SAINT-PREUX, *bas, à Théophile.*
Quelques instants? Perez!
    THÉOPHILE, *bas, à Saint-Preux.*
      Je saurai le corrompre...
(Haut.)
Mais nous n'osions entrer, de crainte d'interrompre
De mon oncle chéri le bienfaisant sommeil...
    SAINT-PREUX.
Ou les saints entretiens d'un sylphe au teint vermeil...
    THÉOPHILE, *bas, à Saint-Preux.*
Imbécile! d'un ange!

    SAINT-PREUX, *bas, à Théophile.*
      Un sylphe vaut un ange!
    THÉOPHILE, *bas, à Saint-Preux.*
C'est selon le pays...
    SAINT-PREUX, *bas, à Théophile.*
      Ah! ma foi! qu'il s'arrange!
    DAME ORINAL, *à part.*
Un sylphe au teint vermeil! serait-ce un épouseur?
Je verrai, pour cela, demain, mon confesseur.
    CHÂTEAUNEUF.
J'étais depuis long-temps assis à ma fenêtre.
    DAME ORINAL, *bas, à Théophile et à Saint-Preux.*
Vous devez avoir faim?
    (A M. Châteauneuf.)
      Il serait temps, peut-être,
De rentrer au logis, monsieur de Châteauneuf.
    THÉOPHILE, *bas, à dame Orinal.*
Avez-vous quelque chose à nous donner?
    SAINT-PREUX, *à part.*
      Un œuf,
Vraisemblablement?
    DAME ORINAL, *bas, à Théophile et à Saint-Preux.*
      Oui: deux grassettes gélines,
Du vin de Syracuse avec des avelines...
    SAINT-PREUX, *bas, à dame Orinal.*
Ne vous dérangez pas: des radis et du sel...
    DAME ORINAL, *à Théophile et à Saint-Preux, haut.*
Rentrons, messieurs!
    CHÂTEAUNEUF, *à dame Orinal.*
      Venez me donner mon missel!
(M. Châteauneuf, appuyé sur dame Orinal, rentre chez lui. Perez, pendant ce temps, traverse la scène de droite à gauche.)
    PEREZ, *apercevant dame Orinal, à part.*
Oh! la vieille guenon!
    DAME ORINAL, *de même.*
      O! tueur de lumière,
Tu me paieras cher, va, tes mots et tes grimaces!
(Elle rentre avec M. Châteauneuf.)

SCÈNE X.

THÉOPHILE, SAINT-PREUX.

    THÉOPHILE.
A table! et que Paris nous rouvre, avant huit jours,
Ses théâtres dorés et ses bazars d'amours!

ACTE SECOND.

—

L'atelier de Tanneguy: un chevalet et un tableau dessus; une petite table à tiroir; porte au fond et à droite. Au lever du rideau, Tanneguy entre par cette dernière, dépose son bougeoir sur la table et s'assied sur le devant de la scène; deux chaises grossières. Trois heures de la nuit.

SCÈNE Ire.

TANNEGUY, *seul.*

Trois heures de la nuit à l'église prochaine...
Je ne saurai dormir... la vie est une chaîne...
Oh! j'ai la mort dans l'âme!... A vingt-deux ans, mon Dieu!
Dire, chaque matin, un éternel adieu

A ses rêves dorés d'amour et d'espérance...,
N'avoir plus qu'un autel, celui de la souffrance...,
Qu'un désir funéraire au cœur: mourir demain,
Rendre au sol affamé mon vêtement humain...,
Que des larmes de sang à répandre dans l'ombre,
Qu'un sourire de damné, qu'un regard triste ou sombre...
Ah! qu'il est difficile au pauvre d'arriver!

De combien de dégoûts se plaît à l'abreuver
Le lauri du Sort, l'homme au cœur implacable,
Le riche !... — Ton arrêt est donc irrévocable,
Jéhovah ? — Ces épis, ces fleurs, ces fruits, ce vin
Fortifiant, qu'aidé de ton souffle divin,
Le pauvre fait surgir de la terre à grand'peine,
A force de sueurs, de moments hors d'haleine,
Seraient, à tout jamais, le partage exclusif
De l'être dont tout l'œuvre, hélas ! est d'être oisif ;
La prière, un blasphème, un sarcasme, une injure ;
La croyance..., un doute : oui!... le serment, un parjure !
Il semble, quelquefois, que les mots « piété »
»Honneur, vertu, devoir, respect, sol-ricté, »
Soient une duperie, une digue élevée
Entre cela : bonheur! et les gens de corvée ;
Une image dont rit et se moque, le soir,
Celui qui, le matin, lui portait l'encensoir !...
Ne sommes-nous pas tous de la même famille,
Tous, tes enfants, mon Dieu ? Pourquoi Pierre et Camille
Ne sontils pas égaux ? Pourquoi celui-là nu,
Sans pain, sans toit, sans feu, sans parents, méconnu ?
Celui-ci couvert d'or, gorgé de nourriture,
Logé, chauffé, célèbre avec une imposture ?
Pourquoi celui-là triste et celui-ci joyeux ?
A l'un l'habit de bure, à l'autre un drap moelleux ?
Je blasphème aussi, moi !... ce langage est infâme...
Pardonne z-moi, Seigneur : le corps seul, et non l'âme,
A pu parler ainsi... c'est que... c'est que j'ai faim...,
Et que le corps à jeûn se révolte, à la fin...
Oh !....

Il tombe, la tête dans ses mains.

SCÈNE II.

MADAME CHATEAUNEUF, TANNEGUY.

MADAME CHATEAUNEUF.

Tanneguy!

TANNEGUY, *sortant de sa rêverie.*

Ma mère !

MADAME CHATEAUNEUF.

Entends-tu l'alouette ?

TANNEGUY, *à part.*

C'est-à-dire, il est temps de saisir ta palette !

Haut.

Cinq minutes encore ! Il fait à peine jour...

MADAME CHATEAUNEUF.

Quatre heures, mon enfant, vont sonner à la tour.

TANNEGUY.

Quatre heures ! c'est bien tôt commencer la journée !

MADAME CHATEAUNEUF.

Nous sommes sans le sol.

TANNEGUY, *à part.*

Amère destinée !

MADAME CHATEAUNEUF.

» Pas d'argent, pas de pain, » m'a dit le boulanger,
Et nous avons tous deux...

TANNEGUY.

Oui!... besoin de manger!...

Pause. — Avec désespoir.

Va, cours, monte à ma chambre, et porte au bouquiniste,
Au marchand de tabac, au Sel, à l'ébéniste,
Mes livres, mes papiers, ma boîte de peinture,
Ce que tu trouveras, enfin !...

A part.

Quelle torture !...

MADAME CHATEAUNEUF.

Le prix de ces objets?

TANNEGUY.

Celui qu'il leur plaira !

MADAME CHATEAUNEUF.

Ils n'en donneront rien ! je les entends déjà...

TANNEGUY, *amèrement.*

Si!...Deux ou trois pour cent...

A part.

Moins, peut-être! n'importe
Je suis exténué..., la misère l'emporte !

Le jour vient.

SCÈNE III.

TANNEGUY, *seul.*

Pourvu, mon Dieu, pourvu que messire Royer
Ne vienne pas quérir le prix de son loyer...,
Il est inexorable, et ne veut pas entendre
Que l'esprit ait, parfois, besoin de se détendre,
Que l'artiste ait des jours de découragement
Où sa main se refuse à l'œuvre obstinément;
Des jours où ses pinceaux, son burin ou sa lyre,
Sont comme fatigués, aussi; c'est du délire,
Pour lui, que ce langage : Argent, argent ! voilà
Sa réponse éternelle ! Il ne voit au-delà
Que l'ohe en ce monde... Inepte garde-notes,
Infâme publicain, vil geôlier de menottes...
Insensé ! je suis pauvre ! Il dîne de faisans...
A moi les ennemis, à lui les partisans!

(Pause.)

*Madame Chateauneuf rentre par la porte de droite,
portant des livres, des papiers et une boîte de
peinture, et sort par le fond.*

TANNEGUY, *essuyant une larme.*

Partez, mes seuls trésors ! Partez ! Adieu, mes livres !
Je vous troque aujourd'hui contre un pain de misère...
Il faut bien que je fasse une ombre de repas !... —
Et l'on me dit : Pourquoi n'entreprenez-vous pas
»Quelque sujet d'histoire, une bataille, un siège?
»Evoquez Jean Mortain et son sanglant massacre,
»Montrez-nous le bourreau assis en sa maison,
»Savourant lâchement sa lâche trahison ;
»Elevez un autel et filez un suaire
»Aux trois cents chevaliers de ce grand ossuaire ;
»Faites quelque tableau qui reste là... » —
Oh ! je vous le demande, en toute humilité,
Consciencieusement, et sans acrimonie,
Est-il possible, là, d'écouter son génie
Quand on tire la langue après un peu de pain ?
Oh ! vous ne savez pas ce que c'est que la faim !

*Avec force, en décroissant graduellement jusqu'au
sixième vers.*

La faim, c'est un vautour qui vous ronge sans cesse ;
La faim, c'est du vaisseau le long cri de détresse
Au moment déchirant où tout va s'engloutir ;
La faim, c'est quelque chose horrible à ressentir;
La faim, c'est le cilice au-dessus des cilices ;
La faim, c'est le supplice au-dessus des supplices...

(Pause.)

Avant donc de me dire : « Egale Le Poussin,
»Velasquez, — Raphaël au céleste dessin,
»Raphaël, Raphaël, cette splendide étoile, »
Donnez-moi des pinceaux, des couleurs, une toile,
Et puis, vous devinez, pour ma mère et pour moi,
Le pain de chaque jour, afin de rester coi
Quelques soleils ; alors, vous serez recevables
A me dire : « Fais-nous quelques œuvres durables
»Dont le pays soit fier »; mais, hélas! jusque-là,
Vous n'avez point raison de me dire cela,
Vous n'avez point le droit de critiquer des teintes
Que je fonds aux reflets d'espérances éteintes...

SCÈNE IV.

MADAME CHATEAUNEUF, TANNEGUY.

TANNEGUY.

Hé bien, ma mère...?

MADAME CHATEAUNEUF.
Mange!
(Elle dépose sur la table un pain entamé, un morceau de gruyère, une cruche d'eau.)
TANNEGUY, *se mettant à table.*
O mon corps affamé !...
Seigneur, Seigneur...
(Haut.)
Et toi ?
MADAME CHATEAUNEUF.
Le pain est entamé...
TANNEGUY.
Ah! je comprends!—Combien?
MADAME CHATEAUNEUF.
Hélas! ces quelques vivres...
(A part.)
Oh ! les juifs.
TANNEGUY.
Et d'argent?
MADAME CHATEAUNEUF.
Environ douze livres.
TANNEGUY.
Douze livres, le prix de mes *Peintres anglais*...
Nécessité !
(Il mange quelques bouchées. — Se levant, à part.)
Ce pain écorche le palais.
MADAME CHATEAUNEUF.
Notre pétition...
TANNEGUY, *vivement.*
Rejetée?
MADAME CHATEAUNEUF.
On l'affirme...
TANNEGUY.
Leur haine pour ton fils, mère, me le confirme.
Ils devaient, cependant, être contents de moi,
Car on ne parle pas plus humblement au roi,
Que je ne leur parlais, à ces hommes de ville.
Je crois relire encor ma demande servile:
«Vous aurez à donner, prochainement, Messers,
»La place de portier... (oui, mon Dieu! je me sers
»De cet ignoble mot, qui flétrit, qui ravale)
»La place de portier à l'École centrale ;
»Ma mère a ce qu'il faut pour remplir cet emploi;
»Daignez, au nom du Ciel, nous en faire l'octroi.»
(A part.)
Il me semble les voir se passer ma demande,
Les entendre se dire : « Ah! le pauvre s'amende,
»Il en avait besoin », et jeter dans le feu,
Avec un air railleur, ma requête... Mon Dieu !
Oh! vous avez bien fait, messieurs de la commune,
De me traiter ainsi, de me garder rancune,
De ne pas confier à dame Châteauneuf
Le soin de votre porte au numéro dix-neuf,
Car il se fût trouvé des jours où cette femme
Eût eu besoin d'aller prier à Notre-Dame,
Pour son époux défunt, et l'on dit que son fils,
Dans la nécessité de garder le logis,
Eût craché, sans vergogne, au visage de l'être
Qui lui serait venu, prenant des airs de maître,
Demander le cordon (le cordon ! valet, lui !..)
« Tirez-moi le cordon ! Est-ce pour aujourd'hui?
»Double brute, coquin, vil gibier de potence! »
Voilà, pauvre portier, voilà ton existence !
On ne regarde point, hélas! si ton aspect
Ou ton âge avancé commande le respect,
Pour te jeter l'injure et la fange au visage !....
La misère, la mort!... mais non le vasselage,
Mais non le chien de cour des riches, des pédans.
MADAME CHATEAUNEUF.
Mais où te conduira cet orgueil?
TANNEGUY, *montrant la terre.*
Là-dedans,
Au tombeau, je le sais...
MADAME CHATEAUNEUF, *pleurant.*
Si mon fils m'abandonne,
Qui me clora les yeux?

TANNEGUY, *se jetant aux pieds de sa mère.*
O ma mère, pardonne!
(A part.)
Pourquoi m'avoir créé, mon Dieu! le cœur si fier !
MADAME CHATEAUNEUF, *relevant son fils et le serrant sur son sein.*
Espère! Ton berceau me souriait hier
Encore...
TANNEGUY.
A vingt-deux ans, instruit par l'indigence,
Contusionné d'heurts du char de l'opulence,
Le mot de gloire en l'âme, entouré d'envieux,
Crois-en ton fils, ma mère, on peut être fort vieux...
MADAME CHATEAUNEUF, *à part.*
Allons prier pour lui.
(Haut.)
Je te laisse, déjeune;
Répare, pour un jour, les ravages du jeûne.

SCÈNE V.

TANNEGUY, *seul.*

Elvire, ô mon doux ange, ô mes champs diaprés,
Ma petite fleur bleue éclose dans les prés,
Daigne me pardonner, je t'avais oubliée,
Tant ma pauvre âme est sombre et triste et repliée !
Mais nous nous comprenons, n'est-ce pas? Tu sais bien
Que tu ne peux cesser d'être mon plus doux bien,
Un seul jour? Oubliée! ô mon Dieu! c'est-à-dire,
Que j'ai souffert un heure, enfant, sans me redire
Que je t'aime d'amour, que je n'aime que toi,
Que tu serais aimable et bonne d'être à moi,
Ne fût-ce qu'un moment, le soir, dans la vallée,
Aux regards amoureux de la voûte étoilée...
Puisse-t-elle m'entendre... oh ! je veux désormais...
Ciel! l'aimer de la sorte, et ne trouver jamais
La force de lui dire : « Elvire, je vous aime!
»Ayez pitié de moi, de mon amour extrême ! »
Je verrais se creuser ma tombe sans frayeur...
Alors, peut-être, alors, le pauvre fossoyeur,
Rejoignant vers le soir sa compagne fidèle,
Au fond de mon tombeau m'entendant rêver d'Elle,
Irait lui révéler mon malheureux amour...
Elvire, mon étoile et de nuit et de jour!
Elvire, mon espoir, mon lys au bord de l'onde!
Elvire, mon aimée à nulle autre seconde... —
Je l'ai vue avant-hier, devers les *Cordeliers*,
J'avais ce vieil habit et ces mauvais souliers, —
Elle m'a proposé, je crois, de la portraire ;
Elle m'a dit aussi peindre pour se distraire ;
Suave entretien, où j'étais, à la fois,
Heureux et malheureux, éloquent et sans voix,
N'importe, avec plaisir mon cœur se le rappelle.

SCÈNE VI.

TANNEGUY, ROYER.

TANNEGUY, *à part.*
Oh! messire Royer.
ROYER, *persiflant.*
Bonjour, mon jeune Apelle.
TANNEGUY, *s'inclinant.*
Messire...
ROYER.
Répondez : Comment va le dessin?
Pensez-vous surpasser Nicolas Le Poussin?
TANNEGUY.
Messire, épargnez-moi, je vous en prie en grâce...
ROYER.
Si vous ne voulez pas encourir ma disgrâce.

Comme dirait le roi Louis-le-Bien-Aimé.
(A part.)
Son habit me paraît diablement élimé !

TANNEGUY, *avec une impatience concentrée.*
Daignez me dire en quoi je puis vous être utile.

ROYER, *à part.*
A moi ! Par Justinien, quelle hauteur de style.
(Haut.)
Suivant mon almanach, signé Matthieu Lansberg, —
Je le crois bon, — c'était hier la Saint-Hubert.

TANNEGUY.
Pourquoi vous arrêter, messire, à l'épiderme ?
Dites-moi simplement : Payez-moi votre terme.

ROYER.
Payez-moi votre terme !
(A part.)
Il n'est pas avocat.

TANNEGUY, *à part.*
C'est facile à dire...

ROYER, *à part.*
Hum ! je flaire un altercat !

TANNEGUY.
Veuillez patienter quelques jours, je vous prie.

ROYER.
Je le voudrais pouvoir, mon cher, mais je marie,
Lundi prochain, ma fille, et j'ai besoin d'argent :
Un hymen ! vous voyez, le cas est très urgent.
Sans cela, palsembleu ! vous savez que j'ai l'âme,
A l'endroit des détails, tendre comme une femme :
Un notaire royal est un doux créancier !

TANNEGUY, *à part.*
Quand il donne quittance ! Oh ! l'homme au cœur d'acier !
Haut.
Vous êtes au-dessus de quinze livres...

ROYER.
Certe !
Toutefois, mariant ma fille Mélicerte,
Je suis un peu gêné : mille écus de bijoux,
Cent vingt mille de dot, sont de rares joujoux,
Que l'on n'achète point, sans faire une visite,
Aux noms, souvent nombreux, inscrits à l'opposite...

TANNEGUY, *suppliant*
Quinze livres ! si peu !

ROYER.
Quinze livres ici,
Quinze livres là-bas...
(A part.)
Il s'est fort radouci...

TANNEGUY.
Vous êtes implacable !

ROYER.
Eh ! non, je vous assure.

TANNEGUY, *à part.*
Comme il aime à tourner le fer dans ma blessure !
Avec quelle ironie...
(Haut.)
Oh ! c'est exorbitant.

ROYER.
Vous êtes le premier qui m'en disiez autant.
Ah ça ! nous sommes donc gueux comme rat d'église ?

TANNEGUY, *s'animant par degrés.*
Gueux comme un pauvre enfant à l'antique devise :
Dieu, son roi, son pays.

ROYER, *à part.*
Va-t-il bientôt finir ?

TANNEGUY.
Gueux comme un *honnête homme* !

ROYER, *à part.*
Où veut-il en venir ?

TANNEGUY.
Gueux comme un ennemi du *dol,* de la *cabale* !...

ROYER.
Halte-là ! mon très cher, je ramasse la balle !
(A part.)
Tu me le vas payer, monsieur le sermonneur...

(Haut.)
Vous êtes archi-gueux, cela vous fait honneur ;
Mais, alors que l'on doit, en ce siècle égoïste,
Il faut battre monnaie, incomparable artiste,
Ou décliner son nom à certains hommes noirs,
Qui vous fourrent bientôt au fond de leurs manoirs.
Je conclus : Exposez demain assez de loques,
De chefs-d'œuvre futurs, de fausses pendeloques,
De misère, de pleurs, pour me payer. J'ai dit !

TANNEGUY, *indigné.*
Ah ! vous me refusez quelques jours de crédit !
Ah ! vous auriez le cœur assez impitoyable,
Assez bardé de fer, d'avarice effroyable,
Pour me faire traîner en prison ? — En prison -
Plus vite qu'un suspect de haute trahison,
Plus vite qu'un bandit, qu'un voleur de ciboire
Pour s'en faire une dague, un gobelet à boire,
Si je laissais coucher le soleil de demain,
Sans vous aller prier de tendre votre main,
Et de la refermer sur la chétive somme
Que je vous dois ? — Pardieu ! vous êtes un brave homme !
Rassurez-vous !
(Se frappant la poitrine.)
Cela !... Tanneguy Châteauneuf
Va faire transporter, sur l'heure, au Marché-Neuf,
Ce qu'il lui reste encor de meubles et de livres,
Et vous aurez, demain matin, vos quinze livres,
Dût-il, pour compléter la somme qu'il vous faut,
Aller offrir ses bras pour dresser l'échafaud
De Jehan Mont-Chenu, le marinier du Havre,
Dût-il au carabin... engager son cadavre !!!
Ce sont là, vous voyez, des procédés loyaux :
Votre fillette aura sa dot et ses joyaux ;
Ainsi, soyez tranquille ! ainsi, sur votre face,
Rappelez, rappelez la couleur qui s'efface !
Ainsi, regardez-moi sans trembler comme ça,
Ou je croirai parler au baudet de Pança !
(Ricanant.)
Vous avez peur ?

ROYER, *à part, et faisant quelques pas en arrière.*
Partons, car une voix me crie
Que cet impertinent...

TANNEGUY, *le retenant.*
Demeurez, je vous prie.

ROYER.
Impossible.
Il fait de nouveau quelques pas vers la porte.

TANNEGUY, *impérieusement.*
Restez !
(Avec un ton persifleur.)
J'ai traduit ce matin, —
*Il avance une chaise à Royer, et la force du regard
et du geste à s'asseoir.*
Mais veuillez vous asseoir..., — un passage latin,
Dont je ne suis pas sûr, à vous parler sans feinte...

ROYER, *s'asseyant, à part.*
Voudrait-il à mes jours, hélas ! porter atteinte ?

TANNEGUY.
L'histoire me paraît invraisemblable...

ROYER, *à part.*
Vas,
Vas, je me vengerai !

TANNEGUY.
Voici le canevas :
Un chevalier romain, très grand propriétaire,
Sentant son heure proche, appela son notaire,
Afin de lui dicter son riche testament.
Il voulait reconnaître un bien beau dévouement.
(A part.)
Il commence à comprendre !...

ROYER, *à part.*
Hélas ! si j'étais là re...

TANNEGUY.
Un jour, qu'il se baignait dans les ondes du Tibre,
Il lui prit, tout à coup, un mal de tête aigu...

ROYER, *atterré, à part.*
Découvert. C'est bien là mon faux de Montaigu »
TANNEGUY.
Une crise de nerfs...

ROYER.
Saint Louis de Gonzagues !...
Ah !

TANNEGUY.
Qui l'allaient livrer à la merci des vagues, —
Sa mort était certaine... (Ô messire Royer,
J'aurais, en cet instant, bon marché du loyer...)
Si Brune le pêcheur, prompt comme l'étincelle,
Confiant au destin sa fragile nacelle,
Ne se fût élancé, sur ses pas, à ses cris.
ROYER, *à part.*
Un mot à la Justice, un seul, et je suis pris.
Malheur, malheur à moi, mon Dieu! si je le blesse.
TANNEGUY.
Le plébéien sauva l'homme de la Noblesse...
Mais, mal remis encor de deux coups de stylet,
Reçus en défendant sa vie et son filet, —
C'est-à-dire son pain, — contre le brigandage,
Il eut à peine, hélas! regagné le rivage,
Recommandé son âme et ses enfants à Dieu,
Qu'il dit à ce bas monde un éternel adieu.
Je ne vous peindrai pas cette scène poignante,
Je ne vous peindrai pas la blessure saignante
Du malheureux pêcheur, rouverte dans les flots,
Je ne vous peindrai pas les larmes, les sanglots
Du chevalier Camille, de Jules et d'Harlève,
Les pauvres orphelins !...
(A part.)
Oh ! mon cœur se soulève !
ROYER, *à part.*
Il me semble partout lire ce mot : Prison !
TANNEGUY.
Le chevalier ouvrit ses bras et sa maison
Aux malheureux enfants de l'infortuné Brune...
Il va écouter à la porte du fond et redescend la scène,
au mot : galères , prononcé par Royer.
ROYER, *à part.*
Ah! je voudrais, au prix de toute ma fortune,
Être loin de ces lieux, être encore à venir...
Mélicerte, ma fille...Il va me la ternir,
Cet homme, ce démon, ce cœur plein de colères :
Voir l'auteur de ses jours ramer sur les galères !
Mélicerte !... pitié, Tanneguy Châteauneuf !
TANNEGUY, *reprenant.*
Jules avait douze ans, sa sœur Harlève, neuf,
Sa sœur Harlève, objet de ses inquiétudes,
Sa sœur Harlève, objet de ses sollicitudes!
C'étaient deux beaux enfants, au teint frais et vermeil,
Dont rien ne ternissait le paisible sommeil,
Dont les échos des bois redisaient les louanges,
Dont les hymnes sans fin réjouissaient les anges. —
Huit ans avaient passé sur l'herbe du pêcheur,
Lorsque la pâle Mort, grand squelette faucheur,
Visita le chevet du chevalier Camille.
Il était sans enfants, mal avec sa famille,
Il voulait faire don de son or, de son bien,
A nos deux orphelins: ils le méritaient bien!
C'était pour accomplir ce projet légitime,
Éclos depuis huit ans en sa pensée intime,
Qu'il avait fait mander son notaire Arius,
Un soir du triste mois de februarius.
Il vint; mais, — informé, par son ami Pilade,
De l'état sans espoir de son riche malade, —
Quatre témoins gagés l'accompagnaient...—Hélas !
Le lendemain, dans l'air, retentissait le glas...
Vous devinez pour qui...— La semaine suivante,
Le palais de Camille..., hélas! était en vente.
A de tels procédés, sans doute, habitué,
Le faussaire Arius avait substitué
Aux noms, chéris de Dieu, de Jules et d'Harlève,
Un certain Flavial, son ami, son élève,
Qui, pour un talent d'or, quelques cruches de vin,

Un berret de velours et deux plats d'alevin,
Oublia volontiers de mettre dans sa poche
Le produit de ses biens de Rome et d'Antioche.
Le notaire Arius profita seul du legs:
Pour Jules et sa sœur, ils fuirent du palais,
A l'aspect du fripon aux rustiques manières,
Ne pouvant s'expliquer les volontés dernières
Du chevalier Camille, après huit ans d'amour
Qui ne s'était jamais démentie un seul jour.
Quelle terre reçut leurs abondantes larmes,
Quel écho répéta leurs justes cris d'alarmes,
Pendant sept ans entiers, qu'on fut sans les revoir
Dans leur pays natal? Dieu seul peut le savoir !
Ils reparurent donc au chef-lieu des Empires :
Jules, les fers aux pieds, entre quatorze sbires;
Harlève, — devenue... oui! folle de son corps... —
ROYER, *à part.*
Ciel !
TANNEGUY.
Entre deux huissiers, suivis de leurs recors. —
Ça, comment trouvez-vous l'histoire?
ROYER, *hésitant.*
...Dramatique...
Mais je suis attendu...
(Il va pour sortir.)
TANNEGUY, *lui barrant le passage.*
Trève de politique.
ROYER.
Quoi ! que voulez-vous dire avec ces yeux hagards?
TANNEGUY.
Vous vous trompez, monsieur...
(S'approchant tout près de lui.)
J'aide très doux regards...
Mais il ne s'agit pas de cela , cher notaire...
ROYER, *tirant sa montre.*
Dix heures. A demain, j'ai certain inventaire...
TANNEGUY.
Hé bien! que pensez-vous du seigneur... Arius?
ROYER.
Je vais vous dépêcher le docte Flavius.
Il demeure à deux pas, sur la place prochaine...
TANNEGUY.
Tenez-vous pour infâme et digne de la chaine
Un homme qui réduit, par sa rapacité,
Deux pauvres orphelins à la mendicité,
Cela, sans leur jeter, pour les neiges, deux mantes?
Un homme qui dévoue aux lettres infamantes
(T. F. — travaux forcés, tunique de Nessus,
Stigmate toujours vif, quoi qu'on mette dessus!)
Une épaule, sans lui, restée à jamais pure;
Un homme qui transforme...
(Royer paraît distrait.)
Écoutez!... en impure,
En coureuse de rue, un bel ange du ciel,
Une enfant aux yeux bleus, aux paroles de miel,
Aux longs cheveux de jais, aux paupières de soie...
Oui! Le frère, forçat! la sœur, fille de joie!
Oui! c'est très dramatique! oui, pardien, c'est très beau!
Autour de ses forfaits promenez le flambeau,
Je vais vous admirer...
ROYER.
Monsieur, que signifie?...
Monsieur, vous êtes fou...
(A part.)
Comme il me mortifie.
TANNEGUY.
J'ai toute ma raison; demain, je ne dis pas...
ROYER, *à part.*
Oh! que je paierais cher ton odieux trépas!
TANNEGUY.
Depuis long-temps, allez, votre crime nocturne
Est là, là !... dans mon cœur, sous ce front taciturne...
Que vous avez contraint, tout à l'heure, à rougir.
ROYER, *à part.*
Oh! comment empêcher ce lion de rugir !

TANNEGUY.
Retenez bien ces mots : Jamais l'on ne pardonne
A qui vous fait rougir !

ROYER, *à part.*
La force m'abandonne,
Mais je l'écraserais comme on écrase un œuf...

SCÈNE VII.

LES MÊMES, TELL.

TANNEGUY, *à part, sans voir Tell.*
Œil pour œil ! dent pour dent !

TELL.
Tanneguy Châteauneuf !

TANNEGUY, *allant à Tell.*
Moi, monsieur...

TELL.
Une lettre !

TANNEGUY, *étonné.*
Une lettre ?
(*Reconnaissant l'écriture, à part, et joyeux.*)
D'Elvire !

TELL.
C'est deux sols.

TANNEGUY, *pressant la lettre sur son cœur.*
Attendez !
(*A part.*)
Elle daigne m'écrire...
(*Fouillant dans ses poches.*)
Rien !...
(*Ouvrant le tiroir de la table.*)
Rien ! pas un denier...
(*Il marche en se frappant le front.*)
Oh !... malédiction !...
Elvire...

ROYER, *à part.*
J'essaierai de l'interdiction :
Ses manières d'artiste, avec un coup d'épaule...

TANNEGUY, *à part, continuant ses recherches.*)
Toujours rien !... je croyais avoir encore un paule...
Ma mère a bien reçu, ce matin, quelqu'argent ;
Mais elle doit l'avoir laissé chez le sergent...
Et puis, elle est, sans doute, à laver sa lessive,
Et puis, elle voudrait connaître la missive...
Que faire, que résoudre en ces extrémités ?...

TELL, *à Tanneguy.*
Dépêchez-vous, monsieur, mes instants sont comptés.

TANNEGUY, *à part.*
Oh !...
(*Haut.*)
Je suis sans monnaie... auriez-vous l'obligeance...?
(*Royer fait signe à Tell de ne pas faire crédit.*)

TELL, *s'inclinant.*
Monsieur...

ROYER, *à part, avec joie.*
Dieu soit loué ! Commence, ma vengeance.

TANNEGUY, *à Tell.*
Bref, vous me refusez ?

TELL.
Mes ordres sont précis...
L'Administration...

TANNEGUY, *à part.*
Les hommes endurcis !...
(*Haut.*)
Je vous paierai ce soir, dans une heure, peut-être...
Vous me connaissez bien...

TELL.
Impossible, mon maître...
La lettre !

TANNEGUY.
Vous la rendre ! Oh ! non... jamais...

TELL, *avançant d'un pas.*
Mordieu !...

Vous me la rendrez...

TANNEGUY.
Quoi ?

TELL.
La lettre, palsembleu !

TANNEGUY.
Jamais ! Qu'en feriez-vous ?

TELL.
Ce n'est pas mon affaire.
Je crois qu'on les adresse à Paris, pour y faire
Quarantaine...

TANNEGUY, *avec anxiété.*
A la fin ?

TELL.
On les brûle !

TANNEGUY, *avec désespoir, à part.*
Il le faut !
Souffrons pour elle !
(*Il s'avance vers Royer.*)

TELL, *à part.*
Hélas ! je vais être en défaut ;
Maître Royer, sans doute, en aura souvenance !...
Et service rendu rime avecque finance,
Dans nos richelets...

ROYER, *à part.*
Ciel ! va-t-il recommencer ?

TANNEGUY, *avec effort.*
Ecoutez-moi !...

ROYER, *à part.*
Je sens ma veine se glacer !
(*Il fait signe à Tell de se retirer.*)

SCÈNE VIII.

ROYER, TANNEGUY.

TANNEGUY.
Quand il souffre, sur lui le pauvre a peu d'empire...
Il parle sans savoir ce qu'il dit...

ROYER, *à part.*
Je respire !

TANNEGUY.
Il déteste le riche, il déteste l'heureux...
Alors, vous comprenez... il débite sur eux
Des histoires...

ROYER.
Monsieur !

TANNEGUY.
Incroyables, infâmes,
Sans s'occuper s'ils ont des enfants ou des femmes ;
Il n'entend, il ne voit qu'une chose ici-bas :
Guerre entre qui possède et celui qui n'a pas.
Guerre à mort, nuit et jour, sur le mont, dans la plaine.
Ah ! c'est que d'amertume il a l'âme si pleine !
C'est qu'il voudrait aussi, lui, le far niente ;
C'est qu'il rêve aussi, lui, la douce liberté,
Les fêtes, les concerts, les bals aux cent bougies,
Les spectacles, les fleurs, les splendides orgies ;
C'est qu'il a soif aussi, lui, pauvre épouvantail,
Du regard amoureux derrière l'éventail ;
C'est qu'il voudrait, aussi, des mains douces et blanches,
Quand il sort de son bouge, une heure, les dimanches ;
Car s'il vient à presser entre ses mains de cal
Celles de sa maîtresse, un : « Vous me faites mal ! »
Finissez, je vous prie », est souvent sa réponse.
Ça se conçoit ! Ce cal est une pierre ponce.
Il mettrait bien des gants, mais cela n'irait pas
Avec ses vieux habits et des trous à ses bas. —
Et ne me dites point : « Concerts, fêtes joyeuses,
» *Dolce far niente*, bals, étoffes soyeuses,
» Et désirs satisfaits avant qu'ils aient un nom. —
» Choses à dédaigner » ; je vous répondrais : Non !
Idoles que l'on brise au lever de l'aurore,
Et que l'on répétrit, et que tout homme adore

Quand la nuit va jetant sur nous son voile épais,
Et rend à l'univers quelques heures de paix :
Voilà l'homme, privé de son fard, de ses roses,
Qui parle de vertu, qui fait si de ces choses,
Ment! ment! ment! S'il est pauvre, à son désir rongeur,
A sa conduite, — enfin, à la vive rougeur
Qui lui monte au visage, à la vue importune
Des écussons dorés du char de la fortune...—
(Il se jette à ses genoux.)
Pardonnez-moi !

ROYER.
Jamais !

TANNEGUY.
Qu'est-ce que ça vous fait?
J'avais tort! je sais bien, c'est un très grand méfait.
Mais je le reconnais, devant vous m'humilie...
Il est, vous le savez, des jours où l'on s'oublie!
Cette histoire... mon Dieu! cette histoire, c'est faux :
Je le confesserais au pied de l'échafaud...
Je ne me souviens plus qui me l'a racontée...

ROYER.
On vous l'a racontée !!!

(A part.)
O Ciel !

TANNEGUY, se relevant.
Une nuitée,
Que nous étions assis près d'un feu de sarment...

ROYER, à part.
Les malheureux ! Lequel viola son serment?
Je ne me trouve pas ombre de négligence :
Nous vécûmes ensemble en bonne intelligence,
Jusques au jour fatal où je me défis d'eux...
(Pause.)
Que vois-je? ces cercueils?!... Fuyez, spectres hideux !
Prescrivez-moi, Seigneur, une œuvre expiatoire!

TANNEGUY.
...Puis je ne voulais pas l'entendre, cette histoire!
Ah! je me le rappelle...Il se nommait... Delbli,
L'auteur de cette histoire...il est au champ d'oubli,
Où dorment, confondus, les humbles, les superbes...
Et sa tombe s'en va s'effaçant sous les herbes...

ROYER.
Il est bien mort?

TANNEGUY.
Bien mort! Prêtez-moi deux sols !

ROYER, appelant.
Tell!

(Rentre le facteur.)

SCÈNE IX.

ROYER, TANNEGUY, TELL.

TELL.
Maître?

ROYER.
Passe à l'Etude; un de mes clercs.., (Heurte),
Te paiera la missive.

TELL.
Il suffit.
(Il s'incline devant Royer et sort.)
TANNEGUY, à part.
O tortures !
ROYER, s'en allant, reconduit par Tanneguy.
Rappelez-vous, monsieur, qu'il est telles injures...
Que l'on n'oublierait point une seconde fois !...

SCÈNE X.

TANNEGUY, seul.

L'humiliation !... Mon âme est aux abois !
Marche, marche, Royer ! ma haine t'accompagne...

Embrasser les genoux d'un homme que le bagne ..
(Avec amour.)
Oui, mais elle est à moi, cette lettre!... je l'ai...
(Il la baise.)
Elvire!... cher trésor...ô mon Dieu! j'en mourrai !
(Après avoir ouvert la lettre.)
Ah !... ce n'est point un songe, une folle chimère...
C'est bien écrit...
(Lisant.)
« Monsieur, d'accord avec ma mère,
Je pourrai vous donner dès demain, samedi,
Ma première séance, à l'heure de midi. »
Demain, c'est aujourd'hui! midi, c'est tout à l'heure !
Un ange va venir: tressaille, ô ma demeure!
Mon Dieu! je vais la voir, l'entendre, lui parler,
La peindre ! O mon pinceau, tâche à ne pas trembler...
(On entend sonner l'Angélus.)
L'Angélus! l'Angélus! Tinte, cloche pieuse;
Quand l'âme est satisfaite elle est religieuse.
A la Reine du ciel, à la Mère du Christ,
A la Vierge sans tache, élevons notre esprit !
Elle a le cœur si bon, si dévoué, si tendre,
Qu'elle a toujours le temps, elle, de nous entendre !
La prière est, surtout, une hymne du bonheur :
Donnez un peu de joie à l'homme, il est meilleur.
(Il passe sa main sur son front.)
Oh !... j'aurais oublié la céleste formule!
Vainement devant vous le pécheur dissimule,
Seigneur !... je suis coupable... oui, je dois le crier,
J'ai perdu l'habitude, hélas ! de vous prier;
Mais, comme l'Océan, votre miséricorde
Semble s'accroître, ô Dieu ! des pardons qu'elle accorde!
Mais la langue, les mots que vous aimez de nous,
Sont ceux que le pécheur vous adresse à genoux.
(Il tombe à genoux, reste quelques instants en prière et se relève.)
La prière est un baume, un suave dictame...
Je vais ouïr demain l'office à Notre-Dame.
(Avec une douce gaieté.)
Allons trouver Baltel, mon bon ami Baltel,
Qu'il me prête sa toque et son meilleur mantel,
Ses brodequins... — Peut-on faire trop de toilette
Pour recevoir chez soi si noble bachelette?
*(Il sort à droite.—La scène reste vide quelques instants;
on frappe trois petits coups à la porte du fond.)*

SCÈNE XI.

ELVIRE, BERTHE.

ELVIRE.
Personne !

BERTHE, à part.
Elle se perd ! Fasse saint Augustin...
ELVIRE.
Il doit avoir reçu mon billet ce matin,
Car je l'ai mis hier soir à la porte moi-même...—
C'est ici qu'il travaille!... ici... Crois-tu qu'il m'aime,
Berthe?

BERTHE.
Mademoiselle... il se peut...
ELVIRE.
Il se peut !
Ah! j'aimerais autant t'entendre dire : Il pleut...
BERTHE.
Dam! je ne suis plus jeune; autrefois...
ELVIRE.
Mais encore...
A moins d'être... Voyons!
BERTHE.
Sans doute...il vous adore...
ELVIRE.
Berthe, je n'aime point de ces réponses-là ;

Pour toutes une fois, retenez bien cela...
(*Elle pose son ombrelle près du chevalet.*)

BERTHE.

Qu'on dise noir ou blanc, c'est réprimande verte;
Comment vous prendre, hélas?

ELVIRE, *avec affection.*

Berthe, ma bonne Berthe!

BERTHE.

Pour toutes une fois, tracez-moi mon devoir!

ELVIRE.

Pardonne-moi! Je l'aime, et je voudrais savoir
S'il répond à ma flamme...Allons! la paix soit faite!
(*Elle l'embrasse.*)

BERTHE, *attendrie, mais ne voulant pas le paraître.*

C'est cela! c'est cela!

ELVIRE, *avec enjouement.*

Tu n'es pas satisfaite,
Peut-être?

BERTHE.

Non!

ELVIRE.

Non?

BERTHE.

Non!

ELVIRE, *à part.*

Un baiser étouffant.
(*Elle l'embrasse de nouveau.*)

BERTHE, *criant.*

Elvire! Elvire! Elvire! mon enfant!
De grâce, ménagez votre vieille nourrice...

ELVIRE.

Eh! tu me reprochais jadis mon avarice...

BERTHE.

C'est vrai que vous étiez avare d'un baiser!
Exemple : il me fallut, plus d'une fois, ruser,
Vous promettre (et tenir!) sucre, rubans ou roses,
Rien que pour effleurer le bout de vos doigts roses.

ELVIRE.

Chère Berthe!... Il fallait me mettre à la raison.

BERTHE.

Est-ce que l'on peut duire un maître de maison?

ELVIRE, *riant.*

J'étais maîtresse?

BERTHE.

Ciel! chose n'est plus certaine!
Et puis le Juif errant, seigneur Croquemitaine,
Vous me riiez au nez, quand je vous en parlais,
Ou bien vous me disiez : « D'accord! montre-moi-les!
Que je leur donne, à l'un, une chaise!...

ELVIRE.

Une chaise!

BERTHE.

A l'autre...

ELVIRE.

A l'autre? achève!

BERTHE.

Une fraise.

ELVIRE.

Une fraise!

BERTHE.

Vous m'avez fait passer plus d'un mauvais instant;
C'est pour cela, je crois que...

ELVIRE.

Que tu m'aimes tant.
(*Portant la main à la robe de Berthe.*)
Ta robe aurait besoin d'être un peu retaillée... —
Tu ne m'as jamais fait l'histoire détaillée
Du jour où je faillis rencontrer le trépas
Sous les pieds d'un taureau, que... je ne voyais pas.

BERTHE, *pleurant.*

Ah! vous me rappelez de bien vives alarmes...

ELVIRE.

Cruelle que je suis!... sèche, sèche tes larmes!
(*A part.*)
O trop sensible femme! ô désir imprudent!

BERTHE.

Laissez-moi vous conter ce funeste accident.

ELVIRE.

Non, Berthe, une autre fois, quand tu seras plus forte,
Plus vieille, dans dix ans...

BERTHE.

Dix ans! je serai morte.

ELVIRE.

Morte! Berthe, veux-tu me voir pleurer aussi?
Parle encor de mourir, ton cœur a réussi!

BERTHE.

Elvire...

ELVIRE.

Tu le veux! Parle, abrège ta vie,
Pour satisfaire quoi? rien: une simple envie!

BERTHE.

Eh! si vous satisfaire est mon vœu le plus doux? —
C'était en mil sept cent... neuf, le huitième d'août.
Vous aviez pris en mai votre dixième année. —
Je ne me trompe point?...Non! vous êtes bien née,...—
Il faisait ce jour-là le plus suave temps
Que la cité d'Evreux eût vu depuis long-temps :
Mille petits oiseaux chantaient sous les tonnelles,
L'onde réfléchissait les voûtes éternelles,
Une brise légère et des plaines d'azur;
Tel fut le huitième août : joyeux, serein et pur.
Vous aviez déjeuné, pris votre limonade,
Nous songeâmes à faire un tour de promenade. —
Depuis quelques instants nous étions en chemin,
Lorsque vous me priez de vous lâcher la main,
Pour suivre un papillon à l'aile ravissante.
J'écoute, par malheur, votre voix caressante!
Vous allez, vous allez ainsi qu'un tiercelet;
Un pas, l'enfant de l'air est dans votre filet;
Mais ce pas...
(*Elvire écoute avec une attention croissante.*)
Tout à coup, débouche d'une rue
Un taureau furieux, qui devers vous se rue :
Le passage est étroit; je crie, appelle, cours...
Personne ne paraît pour vous porter secours...
Je me trompe: un jeune homme armé d'un pieu de chêne
S'élance, comme un trait, d'une maison prochaine,
Maîtrise l'animal de son bras rédempteur,
Vous rassure et rend grâce à Dieu, son créateur.
J'arrive! il se dérobe à ma reconnaissance;
« Restez, jeune étranger! » à ma voix sans puissance,
Il s'éloigne soudain devers le Marché-Neuf...

ELVIRE, *vivement.*

Oh! son nom!

BERTHE.

Tanneguy.

ELVIRE.

Tanneguy Châteauneuf?
(*Elle lui prend les mains.*)

BERTHE.

Tanneguy, seulement...

ELVIRE.

Oh! c'est lui! j'en suis sûre!
Dis-moi, Berthe, dis-moi: quelle fut sa blessure?
Il dut être victime... oh! mais parle!...
(*Berthe fait un signe négatif.*)
Tu mens!
(*Avec prière.*)
Berthe, rassure Elvire, avec mille serments...

BERTHE, *levant la main.*

Sur la croix du Sauveur, sur l'âme de ma mère,
Morte en me donnant l'être...

ELVIRE, *à part.*

O souvenance amère!

BERTHE.

Il ne fut pas blessé!

ELVIRE.

Merci, Berthe, merci!
(*Tirant un anneau de son doigt.*)
Fais-moi plaisir!

BERTHE.
Parlez !

ELVIRE.
Prends cette logue-ci !

BERTHE, *refusant.*
Elvire !... mon enfant !...

ELVIRE.
Accepte-la, te dis-je,
Je t'en prie à genoux, je le veux !...
(A elle-même.) O prodige !
Arrachée à la mort par celui que mon cœur
Dans mille battements proclame son vainqueur !
Car c'est lui ! c'est bien lui ! mon trouble me le nomme.
O nature d'élite ! Admirable jeune homme !
Réalisation du rêve de mes nuits,
Page que j'aime à lire à mes heures d'ennuis,
Viens ! que dans tes yeux bleus ton Elvire se voie !...—
Mon amour, mon amour, c'est Dieu qui me l'envoie !
Oui, je reconnais là sa bienfaisante main...
C'est Dieu qui m'a conduite hier sur son chemin...
J'ai menti... Stratagème... Oh ! mon front se colore...
Mais je l'aime, je l'aime, et puis je l'aime encore.
Seigneur, Seigneur, Seigneur, pitié pour tant d'amour !
Mon âme, descends-y : pure comme ton jour !
Berthe, venge-toi donc de ton enfant gâtée,
De ton oiseau mutin, rebelle à la pâtée,
A mesure, l'ingrat, que le bec lui durcit...

BERTHE.
Et vous ne vouliez pas entendre mon récit !
Et vous me renvoyiez aux calendes d'Athènes !

ELVIRE, *souriant.*
Est-ce que tu saurais le grec, cher Démosthènes ?

BERTHE.
M'en préserve le Ciel et les saints Innocents !
Un gros de grec retire une once de bons sens,
Dit-on.

ELVIRE.
Une épigramme !

BERTHE.
Etes-vous helléniste ?

ELVIRE.
On doit crier haro sur l'épigrammatiste ;
Mais brisons. — Abjurant mon petit air moqueur,
Berthe, que tu m'as mis de douce joie au cœur !
O Tanneguy, ma main sera ta récompense !

BERTHE.
Et votre mère, Elvire, y pensez-vous ?

ELVIRE.
J'y pense !
Et je fais ce serment : Elvire de Vernon
Retêtera la guimpe, ou changera son nom
Contre le nom sacré de l'homme, ou, mieux, de l'ange
Qui lui sauva la vie !...
(Elle s'approche de la petite table.)
Oh ! vois quel pain il mange !
Un chien en voudrait-il ? un chien n'en voudrait pas.
Ciel ! voilà donc de quoi se compose un repas,
Sous le toit indigent : un pain de seigle et d'orge,
Qui se colle au palais ou déchire la gorge ;
Une once de gruyère ; un fruit vert ou gâté,
Si l'on est dans le mois de la maturité ;
Un verre d'eau du puits de la place publique,
Dans lequel le passant à la conduite oblique
Peut jeter...
(A Berthe.)
N'est-ce pas qu'il est digne d'amour,
Celui qui souffre ainsi, ne fût-ce qu'un seul jour ? —
(A elle-même.)
Gardez vos peignes d'or, messire Théophile,
Gardez-les ! parez-en Cléopâtre, Éryphile,
Vos phrynés de Paris, — la ville au front d'airain,
Aux révolutions, au crime souterrain —
Mon Tanneguy se plaît, dit-on, à voir mêlée
La simple violette au lys de la vallée...
Oui, la modeste fleur et l'or, l'or orgueilleux,

Aux regards de l'amour s'accordent mal entre eux...

BERTHE.
On vient !

ELVIRE.
Ciel ! Laisse-moi, va m'attendre chez Lise...

BERTHE.
Elle est à Saint-Germain...

ELVIRE.
Quelque part, — à l'église,
Près du sépulcre...

BERTHE.
Hélas !

ELVIRE.
J'irai te retrouver...
Mais sors, va, cours...

BERTHE.
Seigneur, daigne la préserver
De la tentation de l'esprit de mensonges !

SCÈNE XII.

ELVIRE, *seule.*

Viens, ami de mon cœur ; viens, songe de mes songes ;
Viens, viens ; Elvire t'aime et t'aimera toujours...

SCÈNE XIII.

ELVIRE, TANNEGUY.

TANNEGUY.
Le Ciel vous ait en joie et veille sur vos jours,
Mademoiselle...
(A part.)
Seuls !

ELVIRE.
Monsieur, je vous salue !

TANNEGUY, *à part.*
« O douloureux combat d'une âme irrésolue ! »

ELVIRE.
Tell a dû vous remettre un billet ce matin ?

TANNEGUY.
Oui, mademoiselle...

ELVIRE, *avec joie.*
Ah !

TANNEGUY.
Je maudis mon destin...
Je vous ai fait attendre... ayez de l'indulgence...

ELVIRE.
Monsieur..., au nom du Ciel...

TANNEGUY.
Veuillez croire à l'urgence.
Daignez prendre une chaise...
(Il lui en offre une. — A part.)
Un vil siège de bois,
Moi qui voudrais l'asseoir sur le trône des rois...

ELVIRE.
Ne vous dérangez pas, de grâce...
(A part.)
Quel air triste...

TANNEGUY.
Veuillez me pardonner ma misère d'artiste...

ELVIRE.
Monsieur...

TANNEGUY.
Cet atelier est un pauvre salon,
Bien indigne de vous, Elvire de Vernon...

ELVIRE.
Je n'admets point, monsieur, cette parole étrange !
Le toit où l'on s'adonne à l'art des Michel-Ange,
Des Paulus Véronèse, honore, — fût-il roi, —
L'être qui le visite !

(A part.)

Il m'aime, il est à moi!

TANNEGUY.

Oh! vous me ravissez! vous me rendez la vie,
Vous entr'ouvrez le ciel à mon âme ravie...
Laissez-moi, laissez-moi pleurer à vos genoux,

(Il tombe aux pieds d'Elvire.)

Vous dire : « Vierge sainte, ayez pitié de nous! »—
Oui, vous êtes un ange! oui, Dieu, notre bon père,
Vous envoie en ces lieux, avec ce mot: « Espère! »
Et j'espère, à présent, et je bénis mon sort,
Et je ne parle plus de misère ou de mort;
Non, non! vous m'avez fait un reproche admirable!
Non, non! vous m'avez dit que l'art est vénérable,
Vous paraissez vous plaire avec ma pauvreté,
Oublier de ces murs l'affreuse nudité,
M'entendre sans colère, avec intérêt même.

(Pause. Il la regarde avec des yeux mouillés de larmes.)

Oh! si j'osais vous dire :.. Elvire, je vous aime!
J'aperçois dans vos yeux comme l'ombre d'un pleur !—
Pardon, pardon, l'offense était loin de mon cœur...
Vous détournez la tête?... Oh! j'ai la mort dans l'âme!
Mon Dieu! faire pleurer la plus aimable femme!
Malheureux que je suis! car c'est d'un cœur méchant,
Car c'est d'un homme enclin au plus mauvais penchant,
Que de faire pleurer une femme, — cet être
Que Dieu nous a donné comme un deuxième prêtre,
Pour nous parler du ciel, pour nous dire combien
Il est facile à tous de conquérir ce bien;
La femme, cette fleur qui donne tant d'aromes,
Et qui reçoit si peu de culture des hommes! —
Oublier un aveu qui vous blesse; ce jour
Sera le seul témoin de mon fatal amour...

ELVIRE, *à part.*

Qu'entends-je? que dit-il? Cher amant...

TANNEGUY.

C'est-à-dire,
Que vous n'aurez plus lieu, non, non, de me maudire,
Que je refoulerai mon amour dans mon cœur,
Quant à penser jamais à m'en rendre vainqueur...

ELVIRE, *à part.*

Avec quel doux plaisir ton Elvire t'écoute !

TANNEGUY.

Demandez-moi mon sang, tout, la dernière goutte;
Dites-moi de franchir l'immensité des mers;
Mais éloignez de moi ces calices amers:
Je ne pourrai jamais effacer votre image
De mon cœur...

ELVIRE, *à part.*

Quel amour! quel ravissant hommage!

(Haut, ne pouvant plus se contenir.)

Tanneguy! Tanneguy!...

(Il se relève.)

TANNEGUY.

Dissipez mon émoi!...

ELVIRE.

J'accepte votre amour! Je vous aime aussi, moi!

TANNEGUY, *ivre de joie.*

Vous m'aimez? vous m'aimez? vous m'aimez?

ELVIRE.

Je vous aime!

TANNEGUY.

Redites-moi ces mots d'une douceur extrême!
Je rêve... vous m'aimez! Gardez ces sons joyeux,
Ou craignez de me voir expirer à vos yeux;
L'on rend graduellement l'aveugle à la lumière,
De peur que son palais, son hôtel, sa chaumière,
Témoins de ses regrets de la perte du jour, —
De ce jour qu'il paierait d'un souvenir d'amour,—
Ne revêtent bientôt les tentures funèbres.
Comme l'aveugle, hélas! j'étais dans les ténèbres,
Et vous m'avez rendu, tout à coup, l'art, un ciel,
Les champs, les prés fleuris, les étoiles du ciel,
Une seconde fois vous m'avez donné l'être...
Répondre : « Je vous aime », est-ce pas faire naître?

Comme la peine, hélas! la joie est un fardeau...—
Ah! si! si!... déchirez, déchirez le bandeau!
Elvire, chère Elvire, il me hâte d'entendre
De ta voix argentine et si douce et si tendre
La confirmation de mon bonheur divin.
Par le Crucifié, qui changea l'onde en vin,
Qui fait dire aux petits leur sainte patenôtre,
Daigne me pardonner mes doutes de l'apôtre.
Il nous faut, nous aussi, pauvres déshérités...

ELVIRE, *à part.*

Ah!

TANNEGUY.

Pour croire au bonheur, en toucher les côtés.

ELVIRE.

Du baiser de l'amour ma main est vierge encore,
La voici! cette fleur, dont mon sein se décore.
La voici!... maintenant, vous croyez-vous aimé?

(Il lui couvre la main de baisers et serre sa rose dans son sein.)

TANNEGUY.

Je suis heureux! heureux d'un plaisir innommé!
Je vous crois! vous avez trop de candeur dans l'âme,
Pour m'enlever au ciel, sur vos ailes de flamme,
Et me laisser, ensuite, — œuvre de Belzébuth,—
Retomber sur la terre, où l'homme erre sans but,
Alors que vers leur source, ô mortelles souffrances,
Il a vu remonter ses jeunes espérances. —
Regardez-moi: vos yeux sont pleins de doux rayons...
Cher ange...

ELVIRE.

Il faut penser à tailler vos crayons,
Le temps est inflexible; il est bientôt une heure...

TANNEGUY, *ivre amour.*

Qui vous presse?

ELVIRE.

Ma mère est seule en sa demeure...—
Mon portrait! mon portrait!

TANNEGUY.

Il existe déjà...

ELVIRE, *étonnée.*

Je n'ai jamais posé...

TANNEGUY.

Je l'ai vu...

ELVIRE.

Quand cela!

TANNEGUY.

Hier, aujourd'hui,..

ELVIRE.

Moi?

TANNEGUY.

Vous!

ELVIRE.

Ingénieux mensonge!

TANNEGUY.

Elvire!

ELVIRE.

Tanneguy!

TANNEGUY.

Je vous ai vue...

ELVIRE.

En songe,
Je ne dis pas...

TANNEGUY.

Méchante...

ELVIRE.

Écoutez: prouvez-moi
Ce que vous avancez, et je vous donne...

TANNEGUY, *vivement.*

Quoi?

ELVIRE.

Demandez!

TANNEGUY.

Un baiser!

ELVIRE, *souriant.*

Cinquante!

(Elle tire de sa poitrine un médaillon et le lui montre.)

ELVIRE.

Ah! c'est un rêve!

TANNEGUY.

« Cinquante... »

ELVIRE.

C'est un songe: attendez qu'il s'achève...
Je n'ai jamais posé...

TANNEGUY.

Vous souvient-il d'un jour
Où je vous rencontrai dans l'*Ile de l'Amour*,
A Navarre?

ELVIRE.

Oui. C'était... un dimanche.

TANNEGUY.

Un dimanche.

ELVIRE, *examinant le portrait*.

Indiscret! voilà bien, monsieur, ma robe blanche,
Ma chaîne, mon chapeau... Quel esprit infernal...?

TANNEGUY.

L'amour...

ELVIRE.

Je le garde!... oui...

TANNEGUY.

Copie, original...,
Il me faut l'un ou l'autre; ainsi...

ELVIRE.

C'est mon visage!

TANNEGUY.

Mon talent.

ELVIRE.

Un refus! c'est un mauvais présage...

TANNEGUY.

Ecoute, mon doux ange, écoute: ton portrait
Est mon plus cher trésor, après toi; ce serait,
Ce serait me causer les plus vives alarmes,
M'ôter la seule main qui tarisse mes larmes,
Quand je suis loin de toi, que de me l'enlever.
Dis que tu ne veux plus, Elvire, m'en priver!
Depuis bientôt un an, nous existons ensemble,
Sans nous quitter jamais...—Vois comme il te ressemble:
Ce sont tes yeux rêveurs, tes yeux que j'aime tant,
Et ta petite bouche et ton sein palpitant. —
Comme un faux monnayeur, un homme au projet sombre
A cette œuvre d'amour j'ai travaillé dans l'ombre,
La nuit, quand tout sommeille, arrêtant mon pinceau,
Retenant mon haleine au moindre cri d'oiseau,
Au moindre coup de vent agitant la branchée
Ou dispersant dans l'air la feuille desséchée,
Comme dans le passé le temps chasse nos jours.
Ame qui vive ignore, ignorera toujours
Que je porte à mon col Elvire la Jolie;
Ne crains point, ne crains point, jeune fille accomplie,
De me voir par les murs surprendre mon secret.

ELVIRE.

Le brin d'herbe, l'atome est parfois indiscret...

TANNEGUY.

Aussi, m'abstiens-je bien de baiser ton image
Ou de lui rendre, hélas! le plus léger hommage,
Si je ne suis bien seul. — Je suis allé, parfois,
Pour le voir sans témoins, exprès, au fond des bois,
Et je m'en revenais, le cœur plein de poèmes,
Reprendre mes travaux interrompus...

ELVIRE.

Tu m'aimes
Presqu'autant que je t'aime....

TANNEGUY.

Ah! qu'est-ce que tu dis?...
Je t'aime comme on aime au divin Paradis.
Tu vois bien...

ELVIRE.

Jurons-nous, ami, quoi qu'il advienne,
D'être l'un à l'autre!

TANNEGUY.

Ah! qu'Elvire se souvienne,
Comme moi, du serment qu'aujourd'hui nous faisons
A la face de Dieu, qui punit les félons!

ELVIRE.

Va, la foi que l'on donne au sauveur de sa vie
Ne saurait du parjure être jamais suivie?

TANNEGUY.

« Au sauveur de sa vie! » Attendez... un taureau...
Vers l'an mil sept cent neuf...

ELVIRE.

C'était moi!
(*Au moment où ils vont tomber dans les bras
l'un de l'autre, on frappe à la porte; ils s'arrêtent
brusquement.*)

TANNEGUY, *à part*.

Le bourreau!

SCÈNE XIV.

LES MÊMES, L'ENFANT.

L'ENFANT, *allant embrasser Tanneguy*.

Bonjour, mon bon ami.

TANNEGUY.

C'est toi, petit Eugène!

L'ENFANT.

Comment vous portez-vous?

TANNEGUY.

Bien.

L'ENFANT.

Tant mieux! Je vous gêne?

TANNEGUY.

Non, reste, mon enfant; mes secrets sont les tiens;
Tu n'es jamais de trop, toi, dans mes entretiens.

L'ENFANT.

Ah! que vous êtes bon!
(*Bas, avec intention.*)
Mademoiselle Elvire!
Dites-moi quand la noce?

TANNEGUY, *à part*.

O Ciel! que veut-il dire?
(*Bas.*)
Je ne te comprends pas, mon ami!

L'ENFANT.

Vous l'aimez,
Elle vous aime... alors... Mais quoi? vous m'alarmez...
Un enfant fait donc mal de parler de ces choses?
Je l'ignorais... pardon... j'aurai les lèvres closes.

TANNEGUY, *bas*.

Explique-toi!

L'ENFANT, *bas*.

Mon Dieu, qu'ai-je dit! qu'ai-je dit!

ELVIRE, *à part*.

Que vois-je? Cet enfant paraît tout interdit...

L'ENFANT, *bas*.

Vous ayant vu parfois avec mademoiselle,
Je vous croyais... enfin...

TANNEGUY, *de même*.

Achève!

L'ENFANT, *bas*.

Amoureux d'elle...
Oubliez...

TANNEGUY, *bas*.

Amoureux d'Elvire de Vernon!

L'ENFANT.

Votre trouble visible à sa vue, à son nom,
Me confirmait encor dedans cette pensée,
Que je croyais, hélas! naturelle et sensée,
Avec dame Orinal...

TANNEGUY, *haut*.

Avec dame Orinal!
Ah! malheureux enfant, cet esprit infernal...

ELVIRE.

Tanneguy! Tanneguy! quelle triste nouvelle,
Quel funeste secret cet enfant vous révèle?
Parlez, au nom de Dieu!

(Bas.)
Au nom de notre amour,
Au nom des beaux enfants que nous aurons un jour !...

TANNEGUY.
A la fureur des flots préparons-nous, Elvire ;
L'Alcyon prend son vol, notre barque chavire....—
De mon oncle...

ELVIRE.
Achevez !

TANNEGUY.
La gouvernante infâme,...—
Vous ne le croirez pas,...— sait déjà notre flamme !

ELVIRE, *haletante.*
Quel tigre, quel lion, Ciel ! nous a pu trahir ?

TANNEGUY.
Cet enfant !
*(Elvire fait quelques pas comme pour s'élancer
sur l'enfant.)*

TANNEGUY.
Arrêtez !... gardez-vous de haïr !
Pas un regard de haine, une parole amère...
Comme le nouveau-né dans le sein de sa mère,
Il est innocent...

ELVIRE, *avec ironie.*
Lui ?

TANNEGUY.
Lui !

ELVIRE.
Le pauvre agnelet !
J'ignorais que l'on pût enfoncer le stylet
Sans souiller à jamais sa robe d'innocence :
Pardonnez, je vous prie, à l'inexpérience !

TANNEGUY.
Elvire ! écoutez-moi !

ELVIRE.
Recevez mon adieu !

TANNEGUY.
La faute involontaire est remise par Dieu :
Elvire sera-t-elle, à cette heure suprême,
Plus sévère que Dieu, Dieu la justice même ?
On ignore le crime à neuf ans et demi...

L'ENFANT.
Hélas ! mademoiselle , et vous, mon bon ami,
J'aurais été content de vous voir l'un à l'autre...
Votre main , s'il vous plaît !... Ah !
(Tanneguy la lui abandonne; l'enfant la baise.)

TANNEGUY, *à Elvire.*
Donnez-vous la vôtre ?
*(Elvire, ouvrant ses bras à l'enfant, qui s'y
précipite.)*
La femme a toujours mieux que sa main à donner.

TANNEGUY.
Sois souvent courroucée, afin de pardonner ! —
Et moi ?

ELVIRE.
Vous n'avez pas besoin de votre grâce ?

TANNEGUY.
La veille d'un combat, tout le monde s'embrasse...
(Ils tombent dans les bras l'un de l'autre.)

TANNEGUY.
Cher ange, tes baisers sont plus doux que le miel
Du mont Hymète; un seul vaut une place au ciel.
Achète-moi, — veux-tu ? — celle que Dieu me garde...

ELVIRE.
Tanneguy ! Tanneguy ! le Seigneur nous regarde...
Il faut nous séparer...

TANNEGUY, *tristement.*
Il faut nous séparer !

ELVIRE.
Notre intérêt l'exige !

TANNEGUY.
Un mot : dois-je espérer ?

ELVIRE.
Mystère, espoir, amour, honte à qui se ravise ;
Rappelle-toi ces mots, car c'est notre devise !

TANNEGUY.
Je t'aime, tu le sais, d'un amour surhumain ;
Je préfère, pourtant, ton bonheur à ta main...

ELVIRE.
Est-ce ainsi que l'on parle à l'amante adorée ?
Est-ce ainsi que l'on garde, hélas ! la foi jurée !
Notre serment n'est point de ceux qu'on prête au roi !
Craindrais-tu de courir quelques dangers pour moi ?
De disputer un jour à la pointe du glaive
Celle que tu dis voir toutes les nuits en rêve ?
S'il en était ainsi...

TANNEGUY.
Grand Dieu ! n'achève pas,
Ou je vais te prouver si je crains le trépas...
[Tanneguy et Elvire sortent.)

SCÈNE XV.

L'ENFANT, *seul.*

Une indiscrétion peut creuser une tombe
Aussi bien que le glaive, aussi bien que la bombe, —
Entre quelques soleils tirer de leur fourreau,
L'épée aux coups mortels, la hache du bourreau
Je voudrais retenir ma parole funeste
A madame Orinal, qu'à présent je déteste,
O mon Dieu, médecin des humaines douleurs ,
Au nom de votre fils, mort entre deux voleurs,
Au nom de sa croix lourde et de son sacré signe,
Daignez ne plus m'induire en cette faute insigne !
Retournons, de ce pas, sous le toit paternel
Apprendre de ma mère à servir l'Éternel !

SCÈNE XVI.

L'ENFANT, THÉOPHILE, SAINT-PREUX.

THÉOPHILE.
Bonjour, petit garçon ! — Il fait un temps superbe :
Tu nous ferais plaisir d'aller jouer sur l'herbe...

SAINT-PREUX, *bas à Théophile.*
Donne-lui quelque chose...

THÉOPHILE, *à l'enfant.*
...Et voilà trente sous...

L'ENFANT.
Je suis chez mon ami, messeigneurs...

THÉOPHILE.
Loin de nous
Le penser téméraire... Hé bien ! tu me refuses ?

L'ENFANT.
Je ne tends pas la main...

THÉOPHILE.
De mes poches confuses
Recevez, cher petit, les réparations
D'honneur. — Nous ne souffrons les *répétitions*
Qu'à l'Opéra-Comique, encore en grande loge.
Pour votre procureur prenez Jacques Déloge,
Ou bien vous nous mettrez dans la nécessité
D'en venir contre vous à mainte extrémité,
Qui répugne toujours...

L'ENFANT, *sortant.*
Cet homme dissimule...

SCÈNE XVII.

LES MÊMES, moins L'ENFANT.

SAINT-PREUX.
Ce bambin est têtu comme une vieille mule !

THÉOPHILE.
Ah ! je l'allais jeter, je t'en donne ma foi,

Sans forme de procès, sur le terrain du roi :
Le pavé de la rue appartient au monarque.

SAINT-PREUX.

La bicoque est déserte, à ce que je remarque.

THÉOPHILE.

Messire Tanneguy ne saurait être loin,
Car son détroit d'Hercule est le barbier du coin. —
Ah ! mon petit monsieur, sans redouter mon ire,
Vous vous permettriez d'être amoureux d'Elvire. —
Nous verrons qui, du peintre ou de l'homme de cour,
Plantera le premier sa bannière d'amour
Sur cette forteresse, et chantera victoire...

SAINT-PREUX.

Bien parlé, Théophile. — Est-ce un peintre d'histoire ?

THÉOPHILE.

Demande-moi plutôt l'âge de mon valet.

SAINT-PREUX.

As-tu jeté les yeux près de son chevalet ?
Il me paraît donner séance à la donzelle.

THÉOPHILE, *examinant l'ombrelle.*

Par la Vierge et Jésus ! voilà certaine ombrelle
Que j'aimerais autant rencontrer en enfer,
Entre les doigts crochus de monsieur Lucifer...
Plus de doute... son chiffre... Elle est venue... Elvire !

SAINT-PREUX, *à part.*

On me dirait : Avale une ancre de navire
Ou bien cette pilule...

THÉOPHILE.

Ils s'entendent entre eux !
Certe ! il se va passer un moment désastreux. —
S'il pointait quelqu'auteur de Lutèce l'Obscène,
Nous le ferions entrer pour crayonner la scène.

SAINT-PREUX.

Est-ce qu'Evreux n'a pas, comme toute cité
Qui se distingue un peu, son poète crotté,
Passant une semaine à chercher une rime ?

THÉOPHILE.

De Quimper-Corantin Evreux est synonyme.
D'une géographie il te faudra nantir ;
Une telle ignorance est à ne pas sortir.
Il est bien de donner deux heures à l'étude. —
Voyons si j'ai sur moi, selon mon habitude,
Ce qu'il faut pour écrire au cœur de mon rival,
Dessus sa préférence, un petit madrigal...

SAINT-PREUX.

Ne te laisse tuer par ce petit jeune homme.

THÉOPHILE.

Tu sais, dans tous les tirs, du nom dont on me nomme...

SAINT-PREUX.

Le Destin est parfois bizarre au dernier point ;
A ta place, mon cher, je ne me battrais point...

THÉOPHILE.

Peuh ! tu me fais injure avec tes sottes craintes.
Si je meurs, sur ma mort tu feras des complaintes.
Le sujet est piquant : un duel par amour.
Cela se vendra bien, mais surtout à la cour,
Que je te supplierai de servir la première ;
La complainte est toujours nouvelle à la chaumière.

SAINT-PREUX.

J'entends marcher !...

THÉOPHILE.

C'est lui ! Je reconnais son pas.

SCÈNE XVIII.

LES MÊMES, TANNEGUY.

TANNEGUY.

Que voulez-vous, messieurs ?

(A part.)

On ne me trompait pas !

THÉOPHILE.

La chose est toute simple : il s'agit de me dire
A qui ce parasol...

TANNEGUY, *à part.*

Oh !... l'ombrelle d'Elvire !

THÉOPHILE.

Hé bien !

TANNEGUY.

Que vous importe ?

THÉOPHILE.

Au contraire, cousin, —
Car nos pères étaient frères, je crois...

TANNEGUY, *à part.*

Faquin !

(Haut.)
Monsieur, je ne dois compte à personne...

THÉOPHILE.

A personne...

(A part.)
C'est une question... — Diable ! il se hérissonne !
(Haut.)
Cette ombrelle est charmante et doit appartenir, —
Car je l'ai vue ailleurs,... — si j'ai bon souvenir, —
(Avec force.)
A ma fiancée !!!

TANNEGUY, *à part.*

Oh !

THÉOPHILE, *négligemment.*

Vous devez la connaître...
Elle loge ici près ; nous verrions sa fenêtre,
Si vous me vouliez suivre un pas hors la maison...
Sans préambule, il faut me rendre...

TANNEGUY.

La raison ?
Vous en auriez besoin, car elle périclite...

THÉOPHILE.

Si tu tiens à l'honneur de ta face insolite,
Ne recommence pas...
(Il lève le bras comme pour le souffleter.)

TANNEGUY.

Un soufflet ? vous riez...

THÉOPHILE.

Sur ta face !

TANNEGUY.

Tout beau ! vous me saliriez,
Et la rivière coule assez distante encore...
Vous me reprochez... quoi ?

THÉOPHILE.

Tu sais que je t'abhorre ?

TANNEGUY.

Oui !

THÉOPHILE.

Tu sais que j'aimais Elvire de Vernon ?

TANNEGUY.

Sa dot immense, oui ! pour sa personne, non !

THÉOPHILE.

Et tu lui fais l'amour, — la chose est authentique
Et court présentement de boutique en boutique ;
Demain, des mendiants la diront pour un sol, —
Et je trouve chez toi cela... son parasol !

TANNEGUY.

Je ne courtise point mademoiselle Elvire ;
Cette ombrelle est la mienne...

THÉOPHILE.

Il te plaît de le dire ;
Mais il ne me plaît point de croire la couleur.
(Il tire deux pistolets de ses poches et en jette un violemment aux pieds de Tanneguy.)
Donc, ramasse cette arme, et fais voir ta valeur !
Viens, suis-moi, je connais à deux pas de l'hospice,
Pour te casser la tête une place propice.
Nous aurons un témoin dans le premier passant ;
Ça se fait tous les jours, dans un moment pressant.

TANNEGUY.

Là, vrai, c'est tout de bon ? Voyez ! je n'y crois guère :
« Orgueilleux dans la paix et lâches dans la guerre »,
Vous savez à quels gens on applique ces mots,
De Carmagnole...

THÉOPHILE.

Oui... les paya de ses os ;
Mais on ferme l'oreille aux injures de gaupes
Des personnes qui vont descendre chez les taupes.
Dis ce que tu voudras, je me moque de toi ;
Mais prends ce pistolet, car je tiens le mien , moi !..
Mais ose soutenir la vertu de la dame,
Car je la mets en doute , entends-tu bien ?

TANNEGUY.

Infâme !
C'est moi qui te provoque , à cette heure : ton sang,
Tout ton sang pour laver ce soupçon flétrissant !
Tu suspectes Elvire, un ange plein de charmes...—
(Ramassant le pistolet.)
On s'élève toujours en ramassant des armes !
(Théophile va pour sortir.)

TANNEGUY.

Ici, dans cette enceinte ; on est bien , n'est-ce pas ?

THÉOPHILE.

Ton témoin ?

TANNEGUY.

Mon album a du papier, mon bras
Des veines , où bouillonne un fleuve d'encre...—Prête,
Prête-moi ton poignard...
(Il écrit.)

SAINT-PREUX, *à part.*

Diable ! c'est qu'il s'apprête !
Il ne semble point être à son premier essai...

TANNEGUY, *lisant.*

« Je me bats en duel, aujourd'hui, trente mai
» Mil sept cent quinze, une heure, avecque Théophile,
» Que j'avais insulté...» C'est , je crois , votre style.
(Il jette album et poignard sur la scène.)

THÉOPHILE, *bas à Saint-Preux.*

Si je meurs, de mes chiens, mon cher, je te fais don...
(Il s'entretient à voix basse avec lui.)

TANNEGUY.

(A part.)

Et maintenant, en place ! O ma mère , pardon
De te faire , peut-être , un avenir de larmes ,
De mettre à la merci de meurtrières armes
Des jours que j'ai reçus de toi, qui sont ta chair,
Ton peu d'azur au ciel, ton trésor le plus cher,
Ton pain quotidien... Je suis un fils sans âme... ,—
Reculer ?... Vengeons-là , prouvons-lui notre flamme...
Mourir pour sa maîtresse est une belle mort !

THÉOPHILE, *à Tanneguy.*

Ça , voyons de nous deux lequel est le plus fort...
(Il tire; Tanneguy tombe.)

ELVIRE, *dans la coulisse.*

Tanneguy ! Tanneguy !

SCÈNE XIX.

LES MÊMES, ELVIRE.

THÉOPHILE, *du bout de son pistolet.*

Par terre , ma charmante...

ELVIRE.

Assassin !!!
(Se jetant sur le corps inanimé de Tanneguy.)
Tanneguy ! Réponds à ton amante...
(A Théophile.)
Ton bras, à de tels coups, monstre, est habitué...
(A Tanneguy.)
Sors d'ici !... — Cher amant... c'est moi qui l'ai tué...
Oui , le voilà celui que j'aimais avec l'âme ,
Celui qui possédait tout mon amour de femme ,
Le seul qui me semblât admirablement beau ,
Celui que j'aimerai par-delà le tombeau ,
Celui que je voyais toutes les nuits en songes ,
Celui dont j'aurais cru le plus grand des mensonges ,
Si son âme d'archange eût pu jamais mentir,
Celui que je voyais toujours trop tôt partir,
Que j'aurais sur mon cœur serré cent mille années ,
Si Dieu , qui me créa , me les avait données ,
Que j'écoutais encor quand il ne parlait plus ,
Tant sa voix à mon âme était douce; au surplus ,
Celui qui m'occupait, quand le soir, chez ma mère ,
Tu me voyais rêveuse ou la parole amère....—
Oui ! voilà ton rival... il l'est toujours... tiens ! vois !
(Elle l'embrasse.)
Ne me dis point : « Il est sans regards et sans voix ...»
(Les yeux hagards.)
Je triomphe...— Est-ce pas que la scène te navre ?....—
(Elle embrasse de nouveau Tanneguy.)
Si ça me plaît, à moi, de baiser un cadavre,
Sont-ce vous, messeigneurs, qui m'en empêcherez ?
Avant d'y parvenir, sur moi vous marcherez... —
Je ne vous donne pas plus de huit jours à vivre...
(Ricanant.)
On trouvera demain Théophile mort-ivre
Entre les bras impurs de quelques Jeannetons....—
(Avec désespoir.)
Tanneguy, c'est Elvire...
(Elle tombe la tête échevelée sur Tanneguy et sanglotte.)

THÉOPHILE, *à Saint-Preux.*

Elle est folle... sortons !

ACTE TROISIÈME.

—

La taverne de maître Smith. Porte au fond et à droite ; à gauche, une table somptueusement servie ; cristal, bougies à profusion ; fauteuils. Il règne une grande licence parmi les convives ; les femmes sont couronnées de roses et très décolletées ; les hommes, richement vêtus. Grands éclats de rire au lever du rideau. Musique.

SCÈNE Iʳᵉ.

THÉOPHILE , MÉLUSINE, SAINT-PREUX, ESTHER,
OCTAVIE et MAUREPAS ; SMITH et deux garçons
taverniers.

THÉOPHILE, *à Maurepas.*

Couplets de pastorale, hymne à chanter à none...

Où diable as-tu pêché ce cantique de nonne !

OCTAVIE, *à Saint-Preux.*

Passez-moi, s'il vous plaît, un peu de ce ragoût.

THÉOPHILE, *à Maurepas.*

Pitoyable, mon cher !...

MAUREPAS, *à Théophile.*

Tu veux dire ton goût.

THÉOPHILE.
J'en appel'e à Saint-Preux.

SAINT-PREUX.
Je mange.

THÉOPHILE.
A l'Auditoire. —
Rivales de Vénus...

MAUREPAS.
Voyons ton répertoire !

THÉOPHILE.
Je le crois, mon petit, supérieur au tien,
N'eût-il, pour l'emporter, que d'être moins chrétien...

MAUREPAS.
« La critique est aisée et l'art est difficile... »

THÉOPHILE.
Je n'ai jamais trouvé de brebis plus docile,
De plomb plus malléable, et je dis, avec Blart :
Nicolas Despréaux a calomnié l'art !

SAINT-PREUX, *prêtant l'oreille à Esther.*
Comme...?
(Haut.)
Délicieux ! — Comme tant d'autres choses
Ce bon mot est sorti de ces lèvres de roses...
(A Esther, en l'embrassant.)
Cela vaut un baiser de deux heures, au moins :
Nous le continuerons cette nuit sans témoins...

THÉOPHILE, *à Esther.*
Vous connaissez, Esther, la dixième satire ?

ESTHER.
Oui.

THÉOPHILE.
Vous aurez là-haut la palme de martyre...
Sinon celle de vierge...

MAUREPAS, *à Théophile.*
A qui la sait par cœur
Que donnera le Ciel ?

ESTHER, *à Théophile.*
Monsieur, c'est une horreur.
Quoi ! vous auriez osé salir votre mémoire...?

THÉOPHILE.
Vous les avez bien lus...

ESTHER.
Véritable grimoire...

THÉOPHILE, *à mi-voix, à Maurepas.*
Si je tenais ta langue, Oscar de Maurepas,
Les chiens en pourraient bien faire un petit repas...
(A Esther.)
Oh ! la vilaine moue. — On sait, sur vos mérites,
Des poèmes entiers de lyres émérites...

ESTHER, *souriant à demi.*
Vous seriez mal à l'aise, homme à l'esprit pervers,
Si je vous demandais de m'en dire deux vers...

SAINT-PREUX.
L'auteur d'une satire ou d'un panégyrique
Ont, autant l'un que l'autre, horreur du véridique ;
De la vérité donc ignorant le vrai lieu,
Je vote, mes amis, pour le juste-milieu...
(Rire général.)

THÉOPHILE.
Rasade universelle, à pleins bords. —
(Aux musiciens, qui sont dans une pièce voisine.
Un air tendre !—
(A ses amis.)
Silence, attention, et vous allez entendre
Une chanson à boire, une hymne au dieu Momus,
Un peu moins pudibonde, un peu moins orémus
Que celle de monsieur, qui me regarde en face,
Comme si j'étais bien amoureux de sa face... —
Oreilles n'ont ouï le chant en question...

SAINT-PREUX.
Comment...?

THÉOPHILE.
Sais-tu ce mot : Im-pro-vi-sa-ti-on ?

MAUREPAS.
Tu vas improviser !

SAINT-PREUX.
Toi, nourrisson des muses ?

MAUREPAS.
Je te dirai, mon cher...

THÉOPHILE.
Que ?

MAUREPAS.
Que ? que tu m'amuses...

THÉOPHILE.
Bah !... Tel n'est pourtant point, que je sache, mon but,
Par la queue en trompette à monsieur Belzébuth...

MÉLUSINE.
Depuis quand, dites-moi, très sublime génie,
Êtes-vous possédé de la métromanie ?
Je brûle de savoir...

THÉOPHILE.
Cher petit rossignol,
Depuis que dans mon verre un doux jus espagnol
Pétille à mes regards et me monte à la tête,
Depuis que je suis sûr de ta douce conquête,
Depuis que j'aperçois mes convives joyeux,
Les coupes se vider, l'amour dans tes beaux yeux,
Autre port qu'à ton cou la vertueuse écharpe.
(Il lui baise l'épaule.)
Voilà l'heure charmante où j'ai saisi la harpe....
Quoi que vous en disiez, prosaïques buveurs,
Le langage des vers a de fines saveurs,
Et se prête à merveille à chanter une orgie,
Et l'hôte sous la table et la nappe rougie...

MAUREPAS, *se levant, le verre à la main.*
Arrêtez ! arrêtez ! très cher amphytrion.
Quel valet ivre-mort, quel fat, quel histrion, —
Je ne puis employer d'adjectifs trop sévères, —
Nous veut faire passer pour hostiles aux verres ?
Qu'il se lève, l'infâme, et qu'il soit confondu !
Chevalier de Saint-Preux, vous l'avez entendu ?...
Élevez donc le bras et demandez à boire.
*(Aux garçons taverniers, qui causent au fond
de la salle.)*
Êtes-vous sourds, marauds ! Tout me porte à le croire...
(Appelant.)
La Jaunisse, Melon, Propre-à-rien, Mauvais-choix !
On se devrait toujours munir d'une porte-voix
Pour adresser deux mots à ces chiens, Dieu me damne !
(A un des garçons, qui s'est avancé et verse.)
Qu'est-ce que tu faisais de tes oreilles d'âne ?
Tu ne me parais pas ennuyé du loisir...

LE GARÇON TAVERNIER.
Messire, nous faisions...

MAUREPAS.
Faites-moi le plaisir
De garder votre langue. Il est de par le monde,
Nous apprend l'Écriture, une gorge profonde,
Qu'on nomme Josaphat, c'est-à-dire... — ah ! ma foi !...
Comme le souvenir se perd !... — excusez-moi :
Je ne me souviens plus de l'étymologie, —
N'importe ! — où vos pareils...

THÉOPHILE.
De la théologie !

MAUREPAS.
Auront à rendre compte au Grand Inquisiteur...

SAINT-PREUX.
Maurepas aurait fait un bon prédicateur !

MAUREPAS.
...De leur vie, et, partant, besoin de cet organe,
(Il tire la langue et la lui montre du doigt.)
Dont on devrait priver messieurs de la chicane,
Dans l'intérêt des mœurs et du repos publics,
Car la Robe est à fuir comme les basilics,
Dans l'état actuel de son dictionnaire,
Dédale où n'a jamais brillé de luminaire...

SAINT-PREUX, *à Théophile.*
L'im-pro-vi-sa-ti-on ?

MAUREPAS.
A propos, il est temps...

Voyons ! fais-nous rimer *hiver* avec *printemps*...

THÉOPHILE.

Je suis plus fort que ça...

MAUREPAS.

Je vous en félicite ,
Car je tiens, entre nous, la chose peu licite...
Après tout, cher poète , une rime à l'envers
Ne s'aperçoit pas plus dans un morceau de vers ,
Que... — J'ai soif ! —

THÉOPHILE.

Que le nez au milieu du visage.
La rime m'est sacrée ; aussi , j'ai pour usage
De porter dans ma poche un petit Richelet ,
Vulgairement connu sous le nom de stylet...
(Il tire un stylet et le lui montre.)

MAUREPAS.

Peste !

THÉOPHILE.

Quand tu voudras éprouver ma science...,
Tu me trouveras prêt...

MAUREPAS.

Tout prêt ?

THÉOPHILE.

En conscience...

MAUREPAS.

Voilà qui te proclame un poète accompli,
Mieux que dix opéras « réchauffés par Lulli ! »
Il faut être , sang-Dieu ! diablement irritable,
Pour proposer cartel devant si bonne table.

THÉOPHILE.

Va m'apprendre un cantique ou laisse-nous la paix ,
Car l'inspiration touche aux derniers relais.
(Frappant sur la table.)
Silence ,
Je commence !

(Chantant.)

L'ORGIE.

Buvons à l'Orgie ,
A monsieur Satan,
Boire , c'est la vie,
Ran, tan, plan, tan, plan.
Lionne au sein nu ,
Perle de la Romagne ,
Du vin d'Espagne !
Lionne au sein nu.

Vivent les danseuses
Mélusine , Esther :
Voilà des farceuses ,
Par Martin Luther !
Lionne au sein nu ,
Perle de la Romagne ,
Du vin d'Espagne !
Lionne au sein nu.

Foin du bégueulisme ,
Des airs vertueux !
Pur charlatanisme ,
Chéri voluptueux !
Lionne au sein nu ,
Perle de la Romagne ,
Du vin d'Espagne !
Lionne au sein nu.

Vive la peau blanche ,
Le lit parfumé
L'onduleuse hanche
L'œil vif, allumé !
Lionne au sein nu ,
Perle de la Romagne ,
Du vin d'Espagne !
Lionne au sein nu.

Hé ! vile canaille ,
Remplis nos flacons ,
Où je te tenaille ,
Pâture à faucons...
Lionne au sein nu ,
Perle de la Romagne ,
Du vin d'Espagne !
Lionne au sein nu.

(Les garçons remplissent les bouteilles.)

SAINT-FÉLIX.

Tu chantes comme un cygne allant quitter la vie...

MAUREPAS.

Et tu bois encor mieux...

OCTAVIE.

Pour moi, je suis ravie.

(Théophile demande encore à boire.)

SAINT-FÉLIX, à Théophile.

Veux-tu, décidément, te brûler le gosier ?
Ton verre, mon féal, n'est rien moins que d'osier...

THÉOPHILE.

S'il en était ainsi , — sans le moindre armistice , —
Théophile en ferait bonne et prompte justice :
Perdre du vin d'Espagne est un péché mortel , —
N'est-ce pas , maître Smith ?
(A Maurepas.)
Hein ! quel maître d'hôtel !

SMITH, à Théophile.

Messire, vous avez trop de bonté...

THÉOPHILE.

Ta femme ,
Qu'est-ce qu'elle devient ?

SMITH.

Dieu veuille avoir son âme !

THÉOPHILE.

Défunte !... J'ignorais...

SMITH.

O souvenir affreux !

THÉOPHILE, buvant.

Après tout , sur la terre on est si malheureux ,
Que l'on devrait sourire à son heure dernière.—
O Mort, du jour sans vêpre étoile matinière ,
Viens frapper à ma porte, alors qu'il te plaira ,
Le matin, car le soir je suis à l'Opéra...

OCTAVIE.

Où vous êtes bien sûr d'échapper à ses grilles,
Car les bois sont gardés par de grands escogriffes,
Démêlant à ravir le vrai d'avec le faux,
Qui vous manœuvreraient le squelette à la faux,
S'il venait au bureau demander une carte...

ESTHER.

Oui, si la Mort était ennemi qu'on écarte
Avec des bras velus...

MÉLUSINE.

Quels funèbres discours !
Veuillez à l'entretien donner un autre cours...

THÉOPHILE, à Mélusine.

Deux minutes, ma chère ; agréez ma requête.—
La Mort est femme aussi, c'est-à-dire coquette ,
Et s'habille souvent au dernier goût du jour,
Quand elle va, surtout, en soirée à la cour.
Elle est folle, dit-on, de robes blanches , roses ,
Et dans ses cheveux...noirs aime à porter des roses.
(A Smith.)
Votre chère moitié, trop sensible mari,
Repose-t-elle loin de mon oncle chéri,
Ou mon oncle chéri...

SMITH, à part.

Tremble, jeune sceptique !

THÉOPHILE.

Repose-t-il bien loin de votre épouse antique ?

SMITH.

Douze mois de tombeau les séparent...

THÉOPHILE.

Holà !
Ma curiosité ne va point au-delà...,

Car la chose pourrait tourner à l'élégie,
Genre très bon en soi, mais contraire à l'orgie... —
(A lui-même.)
Ce matin, à l'église, en longs habits de deuil,
Marmottant des *pater* à l'entour d'un cercueil,
Et cette nuit à table, avec trois belles femmes
Et deux mauvais garçons, brouillés avec leurs âmes ;
Ce matin, sans un sol à jeter au quémand
Cette nuit, héritier d'un avare normand ;
Ce matin, tout au plus, un petit capitaine,
Ayant dû respirer sous le ciel d'Aquitaine,
Dont mesdames d'Evreux n'auraient pas accepté
Le bras, pour faire un tour par leur piètre cité ;
A cette heure, un jeune homme aux plus nobles manières,
Un vrai phénix de gloire, un héros des bannières,
Qui donnerait ses jours et vite et sans effroi
Pour sauver un cheveu de la tête du roi...
Par le diable ! voilà de ces métamorphoses
Qui prouvent que la vie est un ramas de choses
Dont l'aveugle déesse a le département...

SAINT-PREUX.
Rien de plus, rien de moins, tel est mon sentiment,
Et nous comptons, je crois, bon nombre de sectaires.
Le monde se prosterne aux pieds des légataires.
Qu'il envoyait, la veille, au plus prochain gibet,
Avec un nom ignoble, avec un quolibet.
MAUREPAS.
Aussi, c'est une faute impardonnable, immense,
De ne naître point riche...
SAINT-PREUX.
Oui, c'est de la démence !
THÉOPHILE, *élevant son verre.*
Au plus puissant des dieux, à l'or !
(Tous, de même.)
A l'or !
MAUREPAS.
A l'or !
Qui donne des vertus, — de l'esprit au butor !
Qui donne des chevaux, du vin, de belles femmes, —
De nos maux, médecins, et de nos fêtes, âmes !
THÉOPHILE, *à Smith.*
Porte-moi ce louis à nos Alsaciens,
Et dis-leur, si tu veux, qu'ils sont musiciens,
Mais que je les invite à regagner leurs toiles,
A sortir prendre l'air et compter les étoiles...
(Smith va pour sortir.)
C'est-à-dire, reviens... Combien d'exécutants ?
SMITH.
Quatre hommes, une femme, un enfant de seize ans...
Que je pense être née au pays de Bohême...
THÉOPHILE.
Seize ans ! quadruple sot ! c'est ainsi qu'on les aime... —
Chers amis, quel trésor allait nous échapper !
Qui se charge, messieurs, de la faire jaser ?

SAINT-PREUX.
Moi !
MÉLUSINE.
Moi !
ESTHER.
Moi !
MAUREPAS.
Moi !
OCTAVIE.
Moi !
THÉOPHILE.
Tous !
(A Smith)
Qu'est-ce que tu fais là ?
Mais cours donc, malheureux !
(D'un ton grotesquement tragique.)
Où tu vois Attila
Prêt à fondre sur toi comme sur l'Ausonie, —
Une fourchette en main...
(Aux deux garçons taverniers.)
Sortez !

PREMIER GARÇON, *à part.*
Sac à manie !
Si je comprends un mot à cet original,
Je veux être trouvé demain dans le canal...
SECOND GARÇON, *bas.*
C'est là ce qu'on appelle un souper de régence.
PREMIER GARÇON, *bas.*
Il serait mieux nommé le souper de démence...
(Sort le second garçon.)
(A part.)
Ah ! les Grands font très bien de se mettre du lard..
THÉOPHILE, *au second garçon.*
Ça, me veux-tu forcer à te chasser, cafard ?...

SCÈNE II.

LES MÊMES, *moins les garçons taverniers*
et Smith.

THÉOPHILE.
Il est sous le soleil de bien dures écorces !
MAUREPAS.
Ces garçons taverniers me rappellent deux Corses,
Dont je vous conterai l'histoire quelque jour...

SCÈNE III.

LES MÊMES, MARIQUITA.

THÉOPHILE, *à part.*
Enfin !
LES FEMMES, *examinant Mariquita, bas.*
Pas mal !
SAINT-PREUX, *à part.*
Charmante !
MAUREPAS, *à part.*
Une perle d'amour !
SAINT-PREUX, *bas à Maurepas.*
Tu lui renouerais bien comme sa jarretière ?
THÉOPHILE, *à Mariquita.*
Approche, Mignonnette, avec fiance entière. —
(Il lui donne un louis.)
Tiens ! voilà pour ton père ou ton maître...; lequel ?
MARIQUITA.
Mon maître : Willengen, de la ville de Kehl.
THÉOPHILE.
Voulant le voir, un jour, heureuse épouse et mère...
SAINT-PREUX, *bas à Théophile.*
Imbécile ! en hymen, l'or est une chimère !
THÉOPHILE, *à Mariquita.*
Voilà quatre louis pour commencer ta dot.
SAINT-PREUX, *bas à Théophile.*
Quatre louis ! mon cher, si tu vas de ce trot...
MARIQUITA, *à Théophile, avec intention.*
Messire Théophile a l'âme munifique.
THÉOPHILE, *à part.*
Qu'entends-je ?
MAUREPAS, *à Saint-Preux.*
Hum !
SAINT-PREUX, *à Maurepas.*
On dirait...
MARIQUITA, *à Théophile.*
Sinon très *pacifique...*
THÉOPHILE.
Tu me connais ?
MARIQUITA.
Oui...
THÉOPHILE.
Tiens ! je ne m'en doutais pas...
(Montrant Saint-Preux.)
Lui !

MARIQUITA.

Messire Saint-Preux.

THÉOPHILE, *montrant de Maurepas.*
Et lui?

MARIQUITA.
De Maurepas.

THÉOPHILE, *désignant les femmes.*
Et ces filles du ciel, chers trésors qu'on envie?

MARIQUITA.
Mesdemoiselles Esther, Mélusine, Octavie,
De l'Opéra...

THÉOPHILE.
Tudieu! c'est parler en devin!

MAUREPAS.
C'est Méphistophélés...

THÉOPHILE, *à Mariquita, lui présentant son verre.*
Bois ce verre de vin...
*(Mariquita trempe les lèvres seulement et pose le
verre sur la table.)*

THÉOPHILE, *à Mariquita.*
Ton nom?

MARIQUITA, *cherchant un peu.*
Mariquita...

THÉOPHILE.
Ton pays?

MARIQUITA.
La Bohème.

THÉOPHILE.
Ton âge?

MARIQUITA.
Dix-sept ans, seize et quelques mois même...

SAINT-PREUX.
Bel âge pour aimer et monter à cheval,
Rimer un dythiambe au joyeux carnaval!

THÉOPHILE, *à Mariquita.*
Il n'est pas de secrets pour toi dans la nature?

MARIQUITA.
Non.

THÉOPHILE.
En ce cas, dis-nous notre bonne aventure. —
Mesdames...

SAINT-PREUX ET MAUREPAS, *aux mêmes.*
Allons donc!...

LES FEMMES, *à Théophile.*
Commencez! commencez!

THÉOPHILE.
Après vous...
(A Esther.)
Belle Esther...
(A Mélusine.)
Mélusine, avancez...

MÉLUSINE, *à Théophile.*
Messire Théophile...
(Les femmes l'excitent du geste.)

THÉOPHILE.
Après vous, chères âmes...
La courtoisie exige...

MÉLUSINE, *vivement, à Théophile.*
Obéissance aux dames!.

Or, je vous requiers et vous somme, au besoin.

SAINT-PREUX, *à part.*
Requérir et sommer... quel est ce baragouin?

MÉLUSINE.
De manquer cette fois à la galanterie,
De tendre votre main à la gente Marie;
Obéissez, messer, c'est notre bon plaisir...

THÉOPHILE, *s'inclinant.*
« L'homme est un vil esclave et ne sait qu'obéir...»

SAINT-PREUX, *bas à Maurepas.*
Elle devrait porter cartes et gibecière.

THÉOPHILE, *à Mariquita, en lui tendant la main.*
Allons, Mariquita, ma gentille sorcière...
Le passé, l'avenir, sont de votre ressort?

MARIQUITA.
Il est audacieux d'interroger le sort,
Messire... pensez-y, la question est grave...

THÉOPHILE.
Quels que soient les dangers, Théophile les brave!
Parle donc, dis-moi tout, intelligiblement,
Sans faire attention à ce rassemblement.

MARIQUITA.
Quand il parle une fois, le Destin continue,
Et sa parole est haute et brève et toute nue...

SAINT-PREUX, *à Mariquita.*
Tu nous a dit nos noms, mais ça ne prouve pas,
Jeune bohémienne aux ravissants appas,
Que tu saches... enfin, tu me comprends...

THÉOPHILE.
Remarque
D'une grande justesse et d'un esprit de marque...

MARIQUITA.
Vous voulez des détails?

MAUREPAS, *avec ironie.*
S'il est possible...

MARIQUITA.
Soit!

OCTAVIE.
A la bonne aventure est-ce que l'on sursoit?

SAINT-PREUX.
Tout à l'heure, madame! un peu de patience,
S'il vous plaît.

MARIQUITA, *à Théophile.*
Vous deviez contracter alliance
Avec mademoiselle Elvire de Vernon. —
Ne m'interrompez pas, surtout, monseigneur.

THÉOPHILE.
Non.

MARIQUITA.
Mais votre fiancée avait donné son âme
Au peintre Tanneguy, jeune homme tout de flamme, —
Votre cousin germain.

THÉOPHILE, *à part.*
Mon ennemi mortel.

MARIQUITA, *continuant.*
Instruit de leur amour, votre dépit est tel,
Que vous allez soudain, enflé d'outrecuidance...

SAINT-PREUX, *à part.*
A la vexation elle a de la tendance...

MARIQUITA.
Provoquer en duel votre rival. Hélas!
Deux coups d'armes à feu partent d'un galetas :
C'est vous et Tanneguy... Vous triomphez, il tombe,
Et son corps semble au Ciel demander une tombe,
Des cris ont retenti, c'est Elvire : « Grand Dieu!
»Cher amant, réponds-moi, de grâce... Mort! adieu!
»Adieu!» Tels sont les mots que cette scène affreuse
Arrache à sa douleur... — La pauvre malheureuse! —
Son grand amour lui dicte encore quelques mots
Contre l'homme cruel artisan de ses maux.
Elle divague enfin et tombe, échevelée,
Sur lui, dont elle semble être le mausolée.
Vous sortez lâchement en riant tous les deux,
(Elle désigne Saint-Preux, qui fait une grimace.)
Et vos cœurs endurcis ne s'occupent plus d'eux.
Un mois s'est écoulé depuis ce jour funèbre,
Que vous appelez, vous, sans doute, un jour célèbre,
Car en vrai spadassin vous vous êtes battu,
Car le crime souvent prend le nom de vertu
Dans la bouche de l'homme appelé petit-maître...
Tanneguy n'est pas mort; mais, de long-temps, peut-être,
Il ne pourra, dit-on, reprendre ses pinceaux,
Car votre balle était coupée en trois morceaux,
Et son extraction fut longue et douloureuse...

THÉOPHILE, *bas.*
Elle a, ma foi, messieurs, la souvenance heureuse...

MARIQUITA.
Car elle était profonde et voisine du cœur...

THÉOPHILE, *à part.*
Je suis, décidément, un passable tireur...

MARIQUITA.
Elvire n'a gardé, non plus, de sa folie
Qu'une ombre de tristesse et de mélancolie,

Qu'un doux rayon de joie effacera demain. —

THÉOPHILE, *à part.*

Il est pauvre, jamais il n'obtiendra sa main.

MARIQUITA.

Votre oncle a terminé sa trop longue carrière,
Et vous l'avez soudain fait mettre dans la bière
Et jeter dans la tombe, à peine refroidi,
Parce que vous aviez commandé pour midi,
A *la Tour de l'Horloge*, un déjeuner-régence,
Qui continue encore...

THÉOPHILE, *à part.*

Elle est sans indulgence !

MARIQUITA, *avec ironie.*

Sans doute, monseigneur Oscar de Maurepas,
Mesdames, — dont Paris, — Paris ! — est fou des pas,
Quittant l'un son cheval, les autres, les couronnes,
Les bravos d'un public de trois mille personnes,
Pour venir visiter un Ebroïcien
Entouré d'un vieil oncle, et d'un pharmacien
Tuant à grands renforts de drogues, d'ignorance, —
Ne doivent point subir la triste conséquence
Du trépas du cher oncle, arrivé justement,
Par un hasard funeste, unique assurément,
Quelques heures avant leur descente de coche,
Un cercueil, un drap noir, un cierge, un son de cloche,
Arrêteraient un homme en ses réceptions...
Un *régence*, à l'abri des superstitions ?...
Au contraire, motif de sabler le champagne,
L'oï spiritueux, l'alicante d'Espagne :
Car « parent qui trépasse, héritage qui vient »,
Dit l'adage gaulois, si bien il m'en souvient.—
L'église occupe encor la maison mortuaire,
Et la fait respecter comme le sanctuaire
Où s'élève l'hostie, où trône Jéhova !
La taverne est ouverte à toute heure : on y va
Arroser de *clairet* de tendres anguillettes ;
Et le maître du bouge, ami des Aiguillettes,
Homme dont la devise est : « Tout vous de l'argent !» —
Il la tient de la cour..., — sait, dans un cas urgent,
Transformer en fauteuils ses vieilles escabelles,
En linge damassé sa toile de gabelles,
En cire de bougie, en flambeaux de congrès,
Son huile de poisson et sa lampe de grès...

THÉOPHILE.

Le diable te confonde avecque ta science !

MARIQUITA.

Messire sentirait remords de conscience ?

THÉOPHILE, *impatienté.*

Va-t'en, bohémienne !

MARIQUITA.

Une minute encor :
Auriez-vous souvenir de cette bague d'or ?

(Elle tire la bague de son doigt et la lui présente.)

THÉOPHILE, *l'examinant.*

Blanche !

MARIQUITA.

C'est bien cela !

THÉOPHILE.

Blanche...

MARIQUITA.

Blanche ! naguère,
Pure comme son nom, capitaine de guerre,
Que vous avez séduite avec le mot *hymen,*
Et puis abandonnée avec celui d'*amen !*

THÉOPHILE, *à part.*

J'avais pris un faux nom, pourtant, belle comtesse...

MARIQUITA.

Blanche, qui, mère, hélas ! a remué Lutèce
Six grands mois, jour et nuit, pour dire à son amant :
« Viens, mon époux ! il faut un père à notre enfant !»—
Et qui, dans sa recherche, a découvert que l'homme,—
Toi ! — qu'avait séduite était un gentilhomme,
Près de se marier... — Mon enfant était mort,
Peut-être, de besoin... Pauvre ange !... Cruel sort !
Des chanteurs allemands partent pour cette ville ;

Une jeune quêteuse à la troupe est utile ;
Je m'offre, l'on m'accepte avec empressement,
Nous arrivons ici ; mais un déguisement ?...
Je trouve un costumier, qui m'apprend sur ton compte
Tous ces affreux détails... et je te les raconte !...
La vengeance est commune, indigne de l'amour,
Mais Dieu l'achèvera, peut-être, quelque jour :
En attendant, hélas ! que sa foudre intervienne,
Blanche rend les louis de la bohémienne...

(Elle lui jette sa bourse.)

A ta liste ennemie ajoute un nom de plus...
Au revoir !

THÉOPHILE.

Au revoir.

SCÈNE IV.

LES MÊMES, *moins* MARIQUITA.

THÉOPHILE.

Le drôle d'Angélus !

SAINT-PREUX.

Mélodrame pur sang...

MAUREPAS.

Moins haute Normandie,
Donnons-lui, messeigneurs, le nom de tragédie.

MÉLUSINE, *souriant, à Théophile.*

Mauvais sujet !

OCTAVIE, *souriant, à Théophile.*

Faussaire !

ESTHER, *souriant, à Théophile.*

Infidèle !

THÉOPHILE, *tirant sa montre, à part.*

Minuit !
Et ma lettre portait onze heures de la nuit...
Si j'ai bon souvenir...Il est venu ! — sans doute ;
Il est homme, pour boire, à s'arrêter en route...

(Minuit sonne.)

UN CHŒUR DE NUIT, *en dehors.*

Minuit sonne à la Tour, je suis seul au dehors,
Tout me paraît tranquille, Ebroïcien, dors !

SAINT-PREUX, *bas, à Théophile.*

Notre projet...

THÉOPHILE, *bas, à Saint-Preux.*

J'y pense.

(Haut, aux femmes.)

Allons ! belles des belles,
Aux pavots morphéens ne soyons pas rebelles...
Il est minuit !

SAINT-PREUX.

Partons ! je veux dormir un peu...

MAUREPAS.

Il me semblait, à peine, en être au couvre-feu !

MÉLUSINE, *chantant.*

Partons, partons ! les nuits pâlissent !

OCTAVIE ET ESTHER.

Partons, partons ! les nuits maigrissent !

THÉOPHILE ET SAINT-PREUX, *à part, et ensemble.*

Partons, partons ! le jour trahit
L'homme en délit.

(Ils sortent en chantant et dansant.)

SCÈNE V.

SMITH, *rentrant par la droite.*

Riez !.. O temps ! ô mœurs ! ô cruelle souffrance.
Dire : Voilà les gens qui gouvernent la France !

ACTE QUATRIÈME.

—

La chambre mortuaire de M. Châteauneuf. Porte au fond, ouvrant sur un vestibule. A gauche, au premier plan, une alcôve tendue de velours noir larmé, portant une tête de mort avec des os en sautoir, et un saule pleureur ; devant l'alcôve, une croix d'argent montée sur un pied, entre deux chandeliers de vermeil éclairant seuls la scène. Au second plan, une porte de communication. Une commode est appuyée contre le mur du fond ; deux ta: s, une grande et une petite. — A droite, une fenêtre.

SCÈNE Iʳᵉ.

UN PRÊTRE, TANNEGUY, agenouillés devant la croix.

LE PRÊTRE.

O redoutable jour du redoutable choix,
Où doit se déployer l'étendard de la Croix,
Des célestes parvis le Seigneur redescendre,
L'univers, inutile, être réduit en cendre !

TANNEGUY.

O jour où dans les airs, avec solennité,
Retentiront ces mots : « Justice ! Eternité ! »
Où, du bout de son glaive, un ange...

LE PRÊTRE.

...Pénitences!..

TANNEGUY.

Ouvrira le Grand Livre et lira les sentences... —
Vous lui tendrez, Seigneur, vos deux bras paternels,
Vous ne l'enverrez point aux bûchers éternels,
Car vous avez absous la grande pécheresse
Magdalena... Retiens ta foudre vengeresse,
Sublime Roi des Rois, baume d'affliction :
Il a bien dans sa vie une bonne action !
A ta miséricorde, enfin, je l'abandonne.
Daigne lui pardonner comme je lui pardonne !

LE PRÊTRE.

Bien, mon fils ! venge-toi des grands torts qu'il t'a faits,
En appelant sur lui les célestes bienfaits,
Au milieu d'un nocturne et funèbre silence.
Si la prière à Dieu peut faire violence,
Et rapporter d'un mot un arrêt damnateur,
C'est, surtout, ô mon fils, celle qui part d'un cœur
Ulcéré par celui pour lequel il implore !
J'aurai quatre-vingts ans à la Saint-Théodore,
Hé bien ! jamais pardon ne m'a rendu joyeux
Comme ce qui se passe aujourd'hui sous mes yeux.

TANNEGUY.

Mon père...

LE PRÊTRE.

Ta conduite, enfant, est admirable !

TANNEGUY.

Votre main, s'il vous plaît, lévite vénérable...,
Qui nous parlez si bien de la bonté de Dieu,
Vieux serviteur du Ciel comme il en est trop peu...

LE PRÊTRE, lui abandonnant sa main.

Je voulais, mon ami, te demander la tienne...

TANNEGUY.

O modèle parfait de charité chrétienne !

LE PRÊTRE.

Je ne mérite pas ces louanges, mon fils,
Et je baise en tremblant les pieds du crucifix...

TANNEGUY.

Ah ! si vous redoutez la céleste colère,
Qui ne doit point la craindre ?...

LE PRÊTRE, vivement.

Un homme, toi !

TANNEGUY.

Mon père !

LE PRÊTRE.

Oui, toi, que j'ai vu naître et prendre tes élans,
Toi, qui m'as répondu la sainte messe onze ans,
Qui, jeune, me suivais en mon humble retraite,
Comme va petit agneau, la mère qui l'allaite,
Toi, qui, déshérité comme un enfant maudit,
Par ton malheureux oncle, après sa mort l'es dit :
« Le tyran ne l'est plus lorsque sa tête tombe;
» Le plus cruel forfait se remet sur la tombe ;
» C'est offenser le Ciel de haïr au-delà,
» Fût-ce Néron lui-même ou Tibère ou Sylla.
» Mon oncle maintenant connaît son injustice,
» Son neveu Théophile et sa vertu factice.
» Mais ce n'est pas encore un pardon assez beau,
» Que l'avoir ce matin conduit dans le tombeau ;
» Non ! j'irai le pleurer dedans sa chambre même,
» Où vibre encor sur moi son dernier anathème ! » —
Et tu vins, et comment ? comme un ange craintif,
Amortissant tes pas comme un homme fautif.
Tu trouves à genoux ton vieux prêtre qui tremble,
Qui comprend ta pensée, et vous priez ensemble :
Et ton oncle est au Ciel, au nombre des élus,
Et le bon pasteur compte une brebis de plus...
Et toi, tu mets le sceau à ta vie sans reproche ! —
Mon ami, je le sens, ma fin doit être proche ;
Hé bien ! je l'envisage avec un œil joyeux,
Si tu me promets...

TANNEGUY, vivement.

Tout !

LE PRÊTRE.

De me fermer les yeux !

TANNEGUY.

Mon père... au nom du Ciel, au nom de Notre-Dame,
Ne parlez pas ainsi, vous me déchirez l'âme !

LE PRÊTRE.

Contente, ô mon enfant, le désir d'un vieillard,
Qui ne t'aperçoit plus qu'à travers un brouillard,
Pour lequel il n'est plus d'étoiles à la nue...

TANNEGUY.

Vous mourir !

LE PRÊTRE.

Il le faut ! Vois ma tête chenue,
Mon corps exténué qui se replie en deux :
Ce sont là du trépas les symptômes hideux,
Et mes quatre-vingts ans ne sauraient s'y méprendre.

TANNEGUY.

J'adhère à vos désirs ; mais je crains bien de prendre
Un triste engagement, que ma vive douleur
Ne me permettra point d'accomplir...

LE PRÊTRE.

Oh ! malheur !
Malheur à ton bourreau, car le glaive flamboie,
Car l'Esprit de l'Abîme après son âme aboie,
Car Dieu se lasse, enfin, d'attendre vainement
De ce grand criminel un peu d'amendement !...
Va, tu redeviendras léger, dispos, agile :
Rappelle-toi ces mots du divin Evangile,
O mon fils, quand ton cœur est sombre et désolé :
« Heureux l'homme qui pleure, il sera consolé, —
» Tandis que ses voisins dont la vie est sans larmes
» Demeureront en proie aux plus vives alarmes ! »
Du courage, surtout ; le désespoir abat
L'homme dont le grand cœur le plus vivement bat,

Et réduit à néant les forces de l'athlète.
Ressaisis tes pinceaux, recharge ta palette;
Elvire de Vernon t'aime toujours...

TANNEGUY.
Et moi!

LE PRÊTRE.
Bonne espérance, ami, l'avenir est à toi!...
Et puis, ton vieux curé possède un coin de terre
Qu'il n'emportera pas avec lui...

TANNEGUY.
Non! mon père,
L'Église est pauvre.

LE PRÊTRE.
Allons! refuse-le, méchant!
Cause-lui de la peine.

TANNEGUY, à part.
O spectacle touchant!

LE PRÊTRE.
Va prendre du repos; la nuit est avancée...

TANNEGUY.
Et vous, mon père, et vous, dont la veine est glacée?...

LE PRÊTRE.
Moi..., je reste un instant, va...

TANNEGUY.
Je vous attendrai.

LE PRÊTRE.
Je veux lire l'Office et...

TANNEGUY.
Je vous répondrai.

LE PRÊTRE.
Donne-moi donc le bras et finisse le schisme.
(Avec un doux reproche.)
Vous m'obéissiez mieux, monsieur, au catéchisme...

TANNEGUY.
Ah! rendez-m' ces jours de prière et d'encens,
Mon aube du dimanche et vos pieux accens!

LE PRÊTRE.
Je couche ici, moi...

TANNEGUY.
Bien! je connais votre chambre.
(Ils sortent.)
(La scène reste vide un instant.)

SCÈNE II.

THÉOPHILE, SAINT-PREUX.

THÉOPHILE.
Pas un chien de valet couché dans l'antichambre!
(Appelant.)
Perez! dame Orinal!... arrivez sans délai!...
Ça dort comme des loirs! — Vous aurez du balai,
Coquins! comptez dessus plutôt que sur ma bourse...

SAINT-PREUX.
Le lièvre perd, dit-on, la mémoire à la course,
Et l'homme, en avalant du lacryma-christi!

THÉOPHILE.
Qu'est-ce que tu veux dire avec ce concetti?
Explique-toi.

SAINT-PREUX.
Parbleu! la chose est très facile

THÉOPHILE.
Au fait! je hais l'exorde à l'égal d'un concile,
Et c'est assez te dire...

SAINT-PREUX.
Oui, je connais ta foi! —
Tu demandes des gens congédiés par toi,
Aussitôt que ton oncle eut reçu la visite
De madame la Mort, — la grande décrépite...

THÉOPHILE.
Je l'avais oublié, par monsieur Lucifer!
Qui ne tardera pas à nous ouvrir l'enfer,
Si j'en crois, mon féal, un fantôme aux yeux ternes,
Pâle comme un cagot descendu des lanternes,

(D'un ton grotesque.)
Qui me crie à l'oreille : — «Hélas! vous vous damnez!» —
Depuis que mon cher oncle a le drap sur le nez.
Et chemine à pas lents vers la grande vallée,
Qui de pâles humains doit être constellée.

SAINT-PREUX.
Le local est propice aux apparitions!...

THÉOPHILE.
Le sacristain remplit très bien ses fonctions.

SAINT-PREUX.
C'est, peut-être, l'usage... en province.

THÉOPHILE.
L'usage!...
Je n'aime pas le noir, c'est d'un mauvais présage.

SAINT-PREUX.
Ah ça!... Tu me disais encore hier matin,
En me montrant d'Esther la gorge de satin,
Avec un son de voix, des yeux enthousiastes :
« Si la belle danseuse entendait les contrastes,
» Ayant un corps si blanc et si souple et si beau,
» Elle emploierait, pour draps, deux ailes de corbeau...
» Ce serait à forcer le plus royal obstacle,
» Pour jouir le premier d'un si charmant spectacle...»

THÉOPHILE.
Et tu crois que la chose est d'un sot en amour?

SAINT-PREUX.
Au contraire, d'un homme allant fort à la cour...
Mettant le jour ouvrable au-dessus du dimanche.

THÉOPHILE.
Traîne-Sabot a l'air de nous claquer au manche!...
Je voudrais pourtant bien ne pas laisser aux vers
Une perle qui peut nous passer deux hivers,
Et jeter dans nos bras des femmes par centaines.

SAINT-PREUX, lui frappant sur l'épaule.
Je te reconnais-là, perle des capitaines!
Le diamant en terre est sujet à s'user,
On n'est jamais trop riche; il fait cher s'amuser...

THÉOPHILE.
On ne va pas très loin avec deux mille livres.

SAINT-PREUX.
Va, nous l'aurons, dussé-je y brûler tous mes livres,
Dussé-je revenir les dix doigts en lambeaux,
Dussé-je, me trompant, fouiller tous les tombeaux...

THÉOPHILE.
De la prudence, ami! la présente vétille
Pourrait nous envoyer coucher à la Bastille,
Et, de là, dans un lieu qu'on nomme...Montfaucon,
A l'effet d'y servir de pâture au faucon...

SCÈNE III.

SAINT-PREUX, SÉTUVAL, THÉOPHILE.

THÉOPHILE.
Enfin, voilà monsieur... De doux mots sur les lèvres!

SÉTUVAL.
Enfin, les habitants de la ruelle aux Fèvres
Vont pouvoir se livrer aux douceurs du sommeil,
Sans craindre, à chaque instant, un bel et bon réveil...

THÉOPHILE, à Sétuval.
Comment, maraud?

SÉTUVAL.
Allons, allons! mes gentilshommes,
On a chacun son nom dans le monde où nous sommes...

SAINT-PREUX.
Suppôt de Satanas!

SÉTUVAL.
Parbleu, messieurs, je crois
Que vous jurez par lui bien mieux que par la croix...

THÉOPHILE.
Ma missive portait onze heures...

SÉTUVAL.
Très lisibles...

THÉOPHILE,

L'occurrence n'est point aux réponses risibles.

SÉTUVAL,

Je ne suis pourtant pas d'humeur à fondre en eau :
Que diraient maître Smith et son vin du coteau,
Dont je ne saurais faire un trop pompeux éloge ?

THÉOPHILE.

Jean Smith le tavernier de la Tour de l'Horloge ?

SÉTUVAL.

Jean Smith le tavernier. — J'étais au rendez-vous ;
Mais, ne haïssant rien tant que compter les clous
Des portes où je vais, je m'en suis allé boire,
En attendant, ma foi, notre entreprise noire.
La taverne de Smith, qui se moque du Guet,
Pouvait seule être ouverte à l'heure qu'il était,
J'y suis allé montrer un petit bout d'oreille,
Et m'y suis fait servir un pot de jus de treille.

THÉOPHILE.

Que ne le disais-tu tout de suite, butor ?
Allons ! j'ajouterai deux ou trois écus d'or,
Pour te faire oublier mon inexactitude.

SÉTUVAL.

Je me tais : vous savez quelle est mon habitude ?

THÉOPHILE.

Ma foi ! comme je sais de quoi rêve un cheval,
C'est-à-dire, très peu, don Luc ?...

SÉTUVAL.

De Sétuval !

THÉOPHILE.

Don Luc de Sétuval. — J'ai la tête si dure,
Que je n'y peux fourrer ton nom d'Estramadure,
Mon cher *Traîne-Sabot*, comme on l'appelle ici.

SÉTUVAL, *tirant sa bourse.*

Mon habitude donc, en deux mots, la voici :
C'est alors qu'on me doit d'ouvrir cette escarcelle,
Que je tiens d'un neveu de Jeanne la Pucelle.

THÉOPHILE.

Par le diable ! as-tu peur, colonne de brelan,
Que j'aille cette nuit déposer mon bilan ?
Tiens note de la chose.

SÉTUVAL.

Impossible, messire,

Impossible !

THÉOPHILE.

Comment ?

SÉTUVAL.

Je ne sais pas écrire.
Les auteurs de mes jours, Dieu leur fasse pardon !
Ne m'ont jamais donné qu'un maître d'espadon ;
Et quant à la mémoire, elle est des plus communes,
Et m'a déjà fait perdre, hélas ! bien des pécunes.
O mémoire maudite !...

(Il tient toujours sa bourse ouverte.)

SAINT-PREUX, *à demi-voix*, à Théophile.

Il n'en démordra pas :
Jette-lui son argent, et sortons de ce pas.

THÉOPHILE, *lui jetant trois écus d'or à terre.*

Ramasse, si tu veux, monsieur Tranche-Montagne.

SÉTUVAL, *se baissant, à part.*

C'est traiter lestement un des vieux noms d'Espagne !
O mes braves aïeux ! ô sublime Marcus !...
Après tout, ses écus valent d'autres écus ;
Au diable la noblesse !

THÉOPHILE.

Il n'est pas fier, le drôle.

SÉTUVAL, *à part.*

Vous pouvez, monseigneur, jouer demain mon rôle ;
Tout n'est que comédie en ce monde...

THÉOPHILE.

Ils sont bons !

SÉTUVAL.

Ah ! j'en voudrais avoir la charge à...

(A part.)

Deux Bourbons.

THÉOPHILE.

La charge à...?

SÉTUVAL.

Deux voleurs du denier populaire.

THÉOPHILE.

Si je comprends un mot de ton vocabulaire,
Je veux fournir la hart...

SÉTUVAL, *à part.*

Très Sainte-Trinité !

SAINT-PREUX, *à part.*

Hum !

THÉOPHILE.

Qui doit te lancer...

SÉTUVAL, *vivement.*

Où ?

THÉOPHILE.

Dans l'éternité !
Mais, trêve de lazzi, songeons à notre affaire.
As-tu bien médité ce qu'il te reste à faire ?

SÉTUVAL.

Ma foi ! La chose est simple. Il s'agit, dites-vous,
D'aller au defunctus retirer des bijoux,
Dont l'ensevelisseur, vieille bête de somme,
N'a pas osé priver les restes du bonhomme,
Craignant, apparemment, de lui faire du mal.

*(Théophile et Saint-Preux s'entretiennent
à voix basse.)*

(A part.)

Que faisiez-vous alors, don Luc de Sétuval ?
Vous regardiez, hélas ! les tours de Notre-Dame,
Vous jouiez au piquet, aux dés, au trou-madame,
Ou bien, vous écoutiez deux sots politiquant...
Ah ! vous enrichirez, mais je ne sais pas quand !

THÉOPHILE, *à mi-voix*, à Saint-Preux.

Attends qu'il soit parti, j'en vais faire lecture.

(Haut, à Sétuval.)

Ne va point te tromper, au moins, de sépulture,
Dans ton œuvre d'hyène, apprenti déterreur,...

SÉTUVAL.

J'irais les yeux bandés : n'étais-je pas pleureur ?
Soyez tranquille ! on sait sa table des matières...

SAINT-PREUX.

On dirait que tu cours, la nuit, les cimetières,
Bois ton vin dans un crâne, et danses au sabbat...

SÉTUVAL.

Ma foi ! *je cours la nuit* sur un mauvais grabat,
Et lappe ma piquette, ou mon eau de fontaine,
Dans un vieux gobelet, qui compte la trentaine,
Et porte près du bord un trou malencontreux,
Qui taquinerait bien un bon père chartreux.

THÉOPHILE.

Vous êtes bas percé, gentilhomme d'Espagne !

SAINT-PREUX.

Donc, tu fais cette nuit ta première campagne ?

SÉTUVAL.

Un moment ! j'ai servi le troupeau curial
Et cent fois dégainé de par l'Escurial,
Et l'on sait si l'Espagne aime la chair humaine,
Si fouiller une tombe entre dans son domaine !
Enfin, un mien cousin, le grand Jonh Allowel,
Fut six mois commensal du protecteur Cromwel,
Qui lui devait donner accolade et chevance.

(Après un soupir.)

Les Mémoires du temps prouvent ce que j'avance ;
Vous pouvez les relire...

THÉOPHILE.

Oui, mais pas cette nuit.
Souvenons-nous qu'il est une heure après minuit.
L'aurore aux doigts de rose,... est proche.

(A Sétuval, qui paraît douter qu'il soit si tard.)

Tiens, regarde !
Allume ta lanterne, et le diable te garde !

*(Sétuval allume sa lanterne à l'un des chandeliers
de vermeil et sort.)*

SCÈNE IV.

LES MÊMES, moins SETUVAL.

SAINT-PREUX.

Ce coquin est hardi comme vin de Mâcon...

THÉOPHILE.

Bravoure d'Espagnol, bravoure de Gascon,
Qu'un chat de quinze jours lui montre les ..... dez,
Tu le vois revenir criant aux sentinelles,
Pâle comme l'on dit que le riche sera
Quand à son tribunal Jésus l'appellera...

SAINT-PREUX.

C'est-à-dire, couleurs d'un bandit que l'on happe.

THÉOPHILE.

Chevalier de Saint-Preux, vous êtes un satrape,
Qui ne croyez à rien...

SAINT-PREUX.

Semblable au grand Thomas...
Mais appends quelque part ta lame de damas,
Qui te pose, à cette heure, en ange des colères
Faisant un petit tour aux humaines galères, —
Et vas chercher un peu le sacré parchemin
Qui sème de louis ton terrestre chemin.

THÉOPHILE.

Ça, tu crois donc, mon cher, le mensonge possible
À l'heure de la mort?

SAINT-PREUX.

Peut-être...

THÉOPHILE.

« Sur la Bible,
» Je te reconnais seul à mon hérédité... »

SAINT-PREUX.

Un petit codicile est bientôt ajouté.

THÉOPHILE.

Un codicile! allons! ta tête déménage :
Crois-moi, mon cher, crois-moi, cesse ton badinage.

SAINT-PREUX.

Laisse-là la flamberge et cours où je te dis,
Avant que d'envoyer ton oncle en paradis.

THÉOPHILE, avec colère.

Je le garde, au contraire, et malheur au bonhomme,
Si m'ayant imposé la plus petite somme,
Que dis-je? une férule à son vieux magister,
Il revenait au monde implorer un pater.

SAINT-PREUX.

Bah! tu lui porterais...?

THÉOPHILE.

Une fameuse botte...
(Il sort par la porte de gauche.)

SCÈNE V.

SAINT-PREUX, seul.

Se battre avec une Ombre! —Illustre don Quichotte,
Vous ne combattiez, vous, que des moulins à vent.
(A Théophile, par la porte, qui est restée ouverte.)
Tu vas mettre le feu!... Prends garde au paravent...

THÉOPHILE, dans la chambre.

Peuh!...

SAINT-PREUX.

Contre l'incendie il n'existe point d'arme.

THÉOPHILE.

La tour est à deux pas, tu donnerais l'alarme.
(A part.)
Où diable l'a-t-il mis?

SAINT-PREUX.

Qui te presse?

THÉOPHILE, avec humeur.

Mon cher,
Songe à tes intérêts et laisse-moi chercher!

SAINT-PREUX, à part.

L'obéissance est douce en ces sortes de choses. —

Assurons-nous, d'abord, que les portes sont closes,
Afin que les oiseaux ne prennent point leur vol,
Que je n'aie éprouvé ce petit rossignol,
Que j'ai trouvé tantôt oublié dans mes poches.
(Il essaie d'ouvrir la commode.)
Ah! la partition contient des doubles-croches!
... m'attendais pas à ce contre-temps-là...
... vaincre sans péril, on triomphe... »

THÉOPHILE.

Holà!

SAINT-PREUX, à part.

On appelle!...
(Il a engagé la clef dans la serrure, et fait des efforts pour l'ôter.)

THÉOPHILE.

Saint-Preux!

SAINT-PREUX, à part.

Que le diable l'emporte!
(Près de la porte.)
L'as-tu?

THÉOPHILE.

Non!

SAINT-PREUX, feignant l'étonnement, ouvrant la porte.

Tiens! le vent a refermé la porte!
(Regardant sa clef, qui est à la commode, à part.)
Je me suis engagé dans un bien mauvais pas...

THÉOPHILE.

Cherche dans le tiroir...

SAINT-PREUX, vivement.

Ne te dérange pas.

THÉOPHILE.

...De la petite table... au fond... une clef... donne...

SAINT-PREUX, fredonnant pour se remettre.

L'audace est un péché que la femme pardonne.....

THÉOPHILE.

Dépêche-toi!

SAINT-PREUX, continuant.

« Le vin rend les hommes joyeux... »
(Il lui donne la clef.)
Dispose de mes mains, de mes pieds, de mes yeux...
Ne te gêne point.

THÉOPHILE.

Non, reste, prends patience...

SAINT-PREUX.

Mon cher ami, c'est là ma plus grande science... —
La nuit est vraiment fraîche... au mois de juin, sang-Dieu!
On ne peut pourtant pas dire aux beaux jours adieu...
Le ciel est nébuleux comme un front de despote...
(Il ferme la porte.)
(Fredonnant.) *(Parlé.)*
« Le vent siffle dans l'ombre... » —A présent à mon poste!
(Il essaie de nouveau d'ouvrir le tiroir.)
Cherche, mon bon ami, cherche ton testament,
Mais je te défends bien de le trouver, vraiment :
Le meuble où je l'ai mis, — antique secrétaire,
Veuf de serrure et clef, — repousse un légataire... —
(Il ouvre.)
Coquine de commode!... Enfin!... — Un chapelet!...
(A mesure qu'il nomme un objet, il le dépose sur la commode.)
C'est d'un mauvais augure!... Ah! mieux! un flageolet!
(Il va en tirer quelques sons.)
Imbécile! es-tu fou? faire de la musique...
« Petit paroissien... — Éléments de... physique... —
» Bienheureux les pêcheurs qui seront vaincus...
» Sermons. Banque de France? Ah! quatre mille écus!
Parbleu! voilà de quoi faire une belle orgie...
(Il serre le billet dans son pourpoint.)
Poursuivons! poursuivons!...— « De la théologie... »
Merci, je sors d'en prendre... — « Ignace Loyola... »
Pasque-Dieu! c'est tomber de Caribde en Scylla!
Il me faudrait pourtant quelques billets encore...—
Allons! — Dame Orinal!... Ah! la vieille pécore :
Il faut haïr un nom pour le trouver partout.
Le billet était seul : j'ai lu, remué tout... —
Un cahier... qui contient de fort belles exemples!

Je ferai, l'autre nuit, des recherches plus amples :
Les avaricieux ont trente-six trésors ;
Cela cache dedans, cela cache dehors...
Théophile, sans doute, est pour long-temps mon hôte ;
Mais l'on donne aujourd'hui ce que demain l'on ôte ;
Car une amitié d'homme est une bulle d'air;
On en compte souvent plusieurs dans un éclair...
La, puis, c'est si piteux d'avoir les poches vides!
Ça vous donne soudain des faces si livides!...
Barons, comtes, marquis, quelle est votre valeur,
Sans vos jaunets! Hélas! celle d'un bateleur,
D'un poète sans pain, d'un scribe sans copie,
Déjeunant et dinant de fromage à la pie,
D'un frater n'ayant pas une chatte à raser...
Ah! ça! l'on penserait, à m'entendre jaser,
Que j'aspire au chapeau!...

            THÉOPHILE.
                         Victoire !

SAINT-PREUX, *effrayé, se hâtant de remettre à leur place tous les objets sortis et refermant la commode.*
                  Hein! Tout à l'heure !
Je cherche quelques sous pour un enfant qui pleure
Sous la fenêtre... Tiens, mon garçon... à ton pié...
Hélas! le malheureux, il est estropié...

SCÈNE VI.

THÉOPHILE, SAINT-PREUX.

SAINT-PREUX, *à part, jettant les yeux sur la porte.*
Je la croyais fermée... Il était temps !

            THÉOPHILE.
                         Victoire !
« U-ni-ver-sel ! »

            SAINT-PREUX.
            Bravo ! cet acte est méritoire :
Je m'alarmais à tort.
            (A part.)
            Il ne m'a point compris.

THÉOPHILE, *lisant avec suffisance.*
« Au nom du Père... »

            SAINT-PREUX.
            Au nom?

            THÉOPHILE.
              « Du Fils et de l'Esprit. »

SAINT-PREUX.
Amen !

            THÉOPHILE.
« Sachent bien tous, présent, avenir... »

            SAINT-PREUX.
                      Peste !
Ton testament commence ainsi qu'un manifeste;
C'est-à-dire, le style en était jadis neuf.

            THÉOPHILE.
« Sachent que, je, Louis-Hercule Châteauneuf... »

SAINT-PREUX, *après avoir jeté les yeux sur le testament.*
Pour un vieux, l'écriture est, ma foi, très hardie.

THÉOPHILE, *continuant.*
« Ex-orfévre, habitant Evreux en Normandie,
» Considérant que l'homme, — être né pour souffrir, —
» D'une journée à l'autre est sujet à mourir,
» Désirant vivement sauver un jour mon âme, —
» S'il plait à mon Seigneur, — de l'éternelle flamme,
» Et ne point décéder de ce monde intestat... »

            SAINT-PREUX.
C'eût été, mon brave homme, agir en apostat,
Et, de plus, et surtout, d'une âme peu sensée.

            THÉOPHILE.
Chut! « ...Infirme de corps, mais en saine pensée,
» Fais, établis, ordonne ainsi mon testament... »

            SAINT-PREUX.
Je ne me doutais pas de l'enjolivement.

            THÉOPHILE.
« Je donne à Dieu mon âme et je me recommande
» A sa bénoîte Mère, aux saints de la légende,
» A monsieur saint Michel, vainqueur de Lucifer... »

            SAINT-PREUX.
Dit l'ange ténébreux, monarque de l'Enfer ;
Mais va...

            THÉOPHILE.
         « Je nomme, enfin, mon neveu Théophile
         (Lui montrant le testament.)
» Mon légataire unique. » — Hé bien ! le codicile?

            SAINT-PREUX.
Chaque marge a gardé sa première blancheur.

SCÈNE VII.

LES MÊMES; SÉTUVAL, *pâle, défait, les yeux hagards, entrant brusquement.*

            SÉTUVAL.
Je suis un misérable, un infâme, un pécheur.
Pour lequel le Très-Haut est sans miséricorde...
Appelez le bourreau, qu'il me passe la corde..
Que dis-je? Satan seul oserait m'accrocher.
Par le Ciel! gardez-vous, messieurs, de m'approcher,
Ou mon sang criminel sur vos têtes retombe!
Savez-vous d'où je viens?... de fouiller une tombe !!!
Quoi! vous gardez toujours ce bienveillant accueil!
Mais je viens d'arracher un mort de son cercueil !
De lui couper le doigt pour lui ravir sa bague,
Tenez! voyez un peu son sang à cette dague,
            (A part.)
A ma face, peut-être, à mes habits... Muguets !
            (Haut.)
Parlez donc ! on dirait que vous êtes muets!
            (Les examinant.)
Pas encore... attendez..... Vous êtes mes complices!!!
            (Riant.)
C'est ça, nous marcherons tous les trois aux supplices!
        (Avec rage!... Il jette sa bourse.)
Reprenez votre argent, princes des prêtres !...
            (Il tombe affaissé.)
      THÉOPHILE, *éclatant de rire.*
                         Tiens !
L'on voit qu'il s'est nourri du livre des Chrétiens :
C'est l'histoire du sieur Judas Iscariote.
Je ne me trompe point! ô nature idiote!
La peur l'aura gagné, le poltron, et voilà!
Les Espagnols, d'ailleurs, sont sujets à cela.
    (On voit sillonner les éclairs par la fenêtre,
                entrebaîllée.)
            SAINT-PREUX.
Il éclaire.

      THÉOPHILE, *négligemment.*
Possible !

            SAINT-PREUX.
            Il tonne !
      (On entend gronder le tonnerre.)
      THÉOPHILE, *négligemment.*
            Il tonne.

            SAINT-PREUX.
                   Ecoute !

      THÉOPHILE, *avec ironie.*
La pluie?

          VOIX *éloignées.*
Un revenant!

      THÉOPHILE, *riant.*
            C'est le diable, sans doute.
      VOIX, *plus rapprochées.*
Un fantôme... Rentrons !...

      SAINT-PREUX, *sérieux.*
            Plaisanterie à part...

            THÉOPHILE.
Je t'exhorte, mon brave, à te faire un rempart...
Veux-tu continuer le rôle de cet âne?

(Montrant Sétuval.)
Il semble...

VOIX.

Un revenant!

SAINT-PREUX.

Encore! Dieu me damne!
Il se passe ici près quelque chose...

THÉOPHILE.

Va voir :
Secourir son prochain est le premier devoir.

VOIX.

Monsieur de Châteauneuf!

THÉOPHILE, *furieux.*

Mon nom!

VOIX.

Les regards mornes!

THÉOPHILE, *dégaînant.*

Par le corps de Bacchus, cela passe les bornes!
Apprêtez-vous, marauds, à me payer ceci!

SAINT-PREUX, *le retenant.*

Tu ne sortiras point!

THÉOPHILE, *cherchant à sortir.*

Je sortirai!

SAINT-PREUX.

Non!

THÉOPHILE.

Si!

UNE VOIX.

Il revient consoler son neveu Théophile.

SAINT-PREUX.

Écoutons!

THÉOPHILE.

Laisse-moi!

SECONDE VOIX.

La chose est très facile,
Et semble déjà faite avec du Frontignan.
A ce que l'on m'a dit, dans la rue au Maignan.

TROISIÈME VOIX.

Il entre! c'est bien lui! venez au cimetière!

THÉOPHILE, *exaspéré.*

Ça, lâche-moi, Saint-Preux, ou je te tue!...
(*Il se trouve face à face avec son oncle.*)

SCÈNE VIII.

LES MÊMES; CHATEAUNEUF, *tête et pieds nus, pâle, enveloppé dans un linceul ensanglanté par le bas; sa main gauche est pleine de sang.*

CHATEAUNEUF.

Arrière!

THÉOPHILE *et* SAINT-PREUX, *foudroyés.*

Ah!!!

THÉOPHILE, *à part.*

Mon oncle!

CHATEAUNEUF, *avec solennité.*

Remets le glaive en son fourreau!
Il ne lui manque plus que d'être mon bourreau
Une seconde fois!... Le sépulcre et la dague! —
(*Haut, avec ironie.*)
On avait oublié de m'ôter cette bague,
Et je te la rapporte, exprès, du champ des morts.

SÉTUVAL, *à part.*

O vengeance du Ciel! ô déchirants remords!
Mon rosaire, et disons vite une patenôtre.

CHATEAUNEUF, *présentant sa main gauche ensanglantée;
la bague est à l'index.*

Hé bien!... Ne prends pas garde à ce sang...c'est le nôtre!
Celui de ton pauvre oncle, enfant plein de vertu...
C'est que la tombe est lourde à soulever, vois-tu!
Les murs du cimetière, hérissés, pour les Ombres. (bres,
Les morts ne devraient point quitter leurs couches som-
Car ils y sont à peine étendus, ô mon Dieu,

Les airs vibrent encor de leur dernier adieu,
(*Regardant son alcôve.*)
Leur toit conserve encor ses tentures funèbres,
Qu'ils ne sont déjà plus qu'un point dans les ténèbres;
Excepté, toutefois, le cas où l'héritier,
Ou l'ensevelisseur, novice en son métier, —
Cas extrêmement rare, aujourd'hui que le monde
Perfectionne tout, jette dans tout la sonde, —
Les ont laissé dans terre emporter un joyau :
Alors, l'héritier prend une pelle, un hoyau,
Une lanterne sourde, et va, la nuit venue, —
O nature, à quel point ta voix est méconnue, —
Violer le tombeau qu'il arrosait de pleurs
Le matin, — simulant d'hypocrites douleurs!...
Quelquefois, il commet cette charge d'hyène
A quelque vagabond que réclame la chaîne,—
Théophile, est-ce toi qui m'as fait inhumer?
Théophile, est-ce toi qui m'as fait exhumer?
Toi, que je chérissais avec un cœur de père,
Pour lequel je rêvais un avenir prospère,
Que je couvais des yeux, que j'accablais de soin,
Qui m'avais fait laisser en proie au noir besoin
La femme de mon frère et le fruit de leur couche,
Sans leur dire : « Portez ce pain à votre bouche,
Assez de jours chagrins, coulez des jours joyeux...»
Mais, hélas! le tombeau m'a dessillé les yeux :
Je distingue, à présent, le démon d'avec l'ange.
Tanneguy, mon neveu! Pardon! le Ciel te venge...—
Infâme scélérat, il te tardait donc bien
De jouir de mon or, de jouir de mon bien,
D'avoir cette golconde au doigt dans une orgie,
Que tu saisis au vol un jour de léthargie,
Pour renverser à terre aussitôt le flambeau,
Pour me faire jeter promptement au tombeau? —
Hé bien! vous avez mal conduit à bout la chose!
Vous êtes encor loin de votre apothéose;
Monsieur, — un demi-jour était insuffisant
Pour que votre oncle, hélas! devînt agonisant...
Puis, l'on a vu des gens se repaître d'eux-mêmes,
Car la Faim et la Mort ont des haines extrêmes
L'une pour l'autre...
(*Apercevant son testament, posé sur la commode,
à part.*)
Ah! bien! voici mon testament!
Procédons au plus vite à son lacérement...
(*Après l'avoir déchiré et foulé aux pieds.*)
Vous ne m'êtes plus rien, monsieur!...

THÉOPHILE, *à part, caressant la garde de son épée.*

Revers insignes!
Ah! malheureux vieillard, c'est ta mort que tu signes!

VOIX, *au dehors.*

Au feu!

CHATEAUNEUF.

Qu'entends-je?

LES VOIX.

Au feu!

CHATEAUNEUF.

Ces mille cris..

VOIX.

Au feu!

(*On entend sonner le tocsin.*)

CHATEAUNEUF.

Cette cloche d'alarme?...

VOIX.

Au feu!

CHATEAUNEUF.

Secours, mon Dieu!

SCÈNE IX.

LES MÊMES; TANNEGUY, ELVIRE, MARIQUITA,
LE PRÊTRE, PEUPLE.

LE PRÊTRE.

Ah!!! monsieur Châteauneuf!...

TANNEGUY,
Mon oncle!

PEUPLY,
Le fantôme!

CHATEAUNEUF,
Demeurez, mes amis : le fantôme est un homme
Qu'on avait enterré vivant, et qui revient
Pour voir si son neveu de son nom se souvient.

TANNEGUY, au prêtre.
Mon père...

LE PRÊTRE,
Ce miracle est incompréhensible!

CHATEAUNEUF, à Tanneguy, en lui ouvrant ses bras.
Tanneguy!...

TANNEGUY, indécis sur ce qu'il doit faire.
Mon oncle!...

MARIQUITA, reconnaissant Théophile.
Ah!...
(Elle s'évanouit; on lui porte secours.)

CHATEAUNEUF, à Tanneguy.
Ne sois pas insensible!
Viens...
(Tanneguy se jette dans les bras de son oncle.)
(A part.)
Il porte mon deuil...
(A Tanneguy.)
A toi mes biens, mon or,
Tout ce que je possède...

TANNEGUY, à Elvire.
Elvire, cher trésor...

CHATEAUNEUF, à Elvire.
Venez, ma fille...

Angerville, 1839.

(Au prêtre.)
Et vous, bénissez-les, mon père,
Car ils seront unis...

THÉOPHILE, apercevant le feu qui sort par la porte
latérale, — avec un ricanement infernal.
Peut-être!
(Tumulte. Tanneguy prend Elvire dans ses bras
et sort; tout le monde en fait autant.)

THÉOPHILE, saisissant son oncle par son linceul
et le ramenant en scène.
Un mot!...

SCÈNE X.

CHATEAUNEUF, THÉOPHILE.

CHATEAUNEUF, tombant, percé d'un coup d'épée que
lui a porté Théophile.
Vipère!...
Ah! malheureux... reçois... ma... malédiction...
Je ne te croyais pas...
(Il meurt.)

THÉOPHILE, voyant que le feu est près de l'atteindre,
se précipitant vers la porte, qu'il trouve fermée.
Ouvrez!...
(Des brandons lui tombent sur le corps.)
Damnation!!!
(Il meurt. — Le tocsin continue de sonner.)

Firmin JOURDAIN.

LA CONFESSION D'UN ENFANT DU PEUPLE

MAX, poète grand seigneur.
BLAINVILLE, son ami.

I

MAX, seul, assis à une table.
...Oui, vive les ribauds,
Que nous peint, à grands traits, Hugo le Romantique,
Dans son divin Paris, — ce beau camée antique :
Cela pompe le vin, comme l'eau Saharah!
Cela saute, à pieds joints, sur le ce qu'on dira;
Court la nuit, dort le jour, enlève femmes, filles, —
Qu'elles soient sous la main ou derrière les grilles;
Et dire que leur temps ne les a pas compris...—
(Il prend des lettres déposées sur la table à
laquelle il est assis.)
Sept lettres, sept poulets, ou je me trompe... Un ange...
Cire verte... je sais; Julia de Sénange :
Des protestations d'amour sempiternel,
Un éloge complet du nuptial annel.
Passons. — « Monsieur, monsieur Max, vaudevilliste...»
Cela sent, par trop fort, sa faiseuse de liste. —

A la corbeille; une autre : « Monsieur Max, à Paris,
» Quai Voltaire, trente-un, pressé...» De profundis.
Je sais : une rupture avec la Julienne.
Parce que j'aime mieux ma bourse que la sienne.
A la corbeille encore! Ah! l'impayable sceau...
La gentille enveloppe. Un moment. Ce morceau
Me paraît émaner d'une plume savante :
« Monsieur Léon, je suis une pauvre servante,
» Sans parents, sans ami, dans ce val de douleurs, —
» Où chaque jour produit son contingent de pleurs,
» Que vous avez rendue... Oh! je n'ose vous dire...
» Ne craignez pourtant pas de me voir vous maudire :
» Je vous aime toujours, plus que jamais, je crois,
» Et porte à mon col blanc votre petite croix.
» Que deviendrais-je, hélas! si votre âme, endurcie,
» Ne se souvenait plus de la pauvre Aricie
» Que pour en rire avec vos amis en plaisirs!
» Celle qui vous céda se consume en soupirs...

»Venez, mon cher Léon, allons trouver le maire;
»Je ne puis vivre, ami, de cette vie amère,
»Votre épouse bientôt, Aricie Olivier.
»Nanterre, près Paris, ce vingt-quatre janvier
»Mil huit cent trente-neuf.Pressé.»Qu'elle aille au diable!
Qu'est-ce qu'elle me chante! Ah! c'est impardonnable.
Ces petites, ça croit, vraiment, au bon motif,
Dès qu'un garçon bien mis ajoute l'adjectif
De *chère* ou de *charmante* à leur nom de baptême,
Elles se fourrent vite en tête qu'on les aime,
Et puis elles vous font écrire sur veyuen,
Si vous les délaissez, qu'elles ont du chagrin,
«Et qu'il est résulté de vos jeux sous l'ombrage,
»De vos courses du soir, je ne sais plus quel gage
»Qu'il vous faut dépêcher de venir recevoir,
»Si vous tenez encore à l'honneur, au devoir.»
Une autre.— «Il fut des jours, Léon, où dans ma loge
»Tu venais tous les soirs me faire ton éloge.
»Alors, je jouais bien, parce que mon amant

»Était auprès de moi, de moi qui l'aime tant,
»M'inondant des rayons de son regard limpide;
»Il ne vient plus, hélas! et sa causeuse vide
»M'annonce qu'il fait fi de ma brûlante ardeur...
»Je l'attendrai, ce soir, vêtue en débardeur;
»Viendras-tu m'embrasser sous ce charmant costume?
»Je demeure toujours... tu sais?...» Elle m'enrhume.
—«Monsieur Léon, je vais, ce soir, au bal Musard.
»J'aurai mon domino rose. Si le hasard
»Me fait vous rencontrer en ce lieu de folie,
»Vous me ferez danser, n'est-ce pas? Amélie.
»*Post-scriptum.* À la main je vous porterai la fleur
»Que vous m'avez donnée. Adieu, mon doux seigneur.»
Parlez-moi de ceci. J'aime ce laconisme.
Et puis, comme c'est loin de votre despotisme,
Aricie Olivier, Blanche (de l'Opéra),
Louise d'Argenteuil, Julie, *et cætera*,
Nous nous ferons danser, ma petite Amélie:
Vous écrivez trop bien pour que l'on vous oublie.

II

MAX, BLAINVILLE.

MAX, *éclatant.*

Blainville !!!

BLAINVILLE.

Léon Max, tu faux à ta parole.

MAX.

Monsieur, vous m'offensez...

BLAINVILLE.

Ton amour n'est qu'un rôle,
Que tu vas débitant à chaque femme en fleur.
Toi, toi, de l'amour, toi, tu n'es qu'un persifleur!
Ton âme est une mer de fiel et d'amertume,
Tu violas toujours la plus sainte coutume,
Tu n'as jamais aimé, tout le prouve...

MAX.

Tais-toi !

BLAINVILLE.

Tu ne sais même pas, tu n'as jamais su...

MAX.

Moi !

Je ne sais pas aimer? Tu l'entends, ô Livie! —
Tu vas savoir, ami, l'histoire de ma vie.
Réconcilions-nous, rends-moi ton amitié,
Ta main.— Je vins au monde, hélas! à la *Pitié.*
L'écrivain dont on joue, à cette heure, un des drames
Devant le roi de France et les plus belles femmes
De Paris, le *beau Max,* qui se coiffe partout,
Devant qui l'on aspire à se tenir debout,
Le lion dont on singe et les airs et la mise,
Auquel la cigarette est au boudoir permise,
Le maître dont le groom respecte le sommeil,
Le riche dont les chiens lapent dans le vermeil,
Dont les appartements ruissellent de dorure,
Qui porte une huitaine, au plus, une parure,
Le viveur qu'on attend, s'il se trouve en retard,
Le roi des désœuvrés, enfin, est un bâtard;
Oui, je suis un bâtard.

BLAINVILLE.

Qu'entends-je?

MAX.

La lecture

D'un extrait de baptême... Enfant de la nature,
C'est-à-dire avoir eu l'État pour nourricier
Jusqu'à l'âge où l'on peut se faire *besacier,*
C'est joli, ça, Blainville! — O ma mère, ma mère,
Dois-je tenir sur vous cette parole amère,

Ou bien laisser couler le pleur toujours joyeux
Qu'à votre nom sacré je sens poindre à mes yeux?
M'abandonnâtes-vous au berceau de l'hospice
Ne pouvant m'élever à votre ombre propice,
Aux yeux de vos parents, aux yeux de votre époux?
Quels que furent vos torts, je vous les remets tous.
Puissé-je que que jour vous connaître et vous dire :
»Je n'ai jamais trouvé l'heure de vous maudire,
»O ma mère, Embrassez, embrassez votre enfant,
»Et vivons à jamais ensemble, maintenant.
»Oublions le passé comme on oublie un rêve
»A l'aspect enchanteur de l'aube qui se lève,
»Nous avons tant de jours encor dans l'avenir,
»Tant d'oiseaux bleus, de fleurs, de doux noms à bénir!
»Je ne veux rien savoir. Vous êtes innocente :
»Hé bien! de votre fils, mère, êtes-vous contente?
»Demain, il quittera, si vous le désirez,
»Son train dispendieux. Vous verrez, vous verrez
»De ses fausses grandeurs s'il sait vite descendre,
»Se rappeler qu'il doit, un jour, tomber en cendre,
»Que l'homme n'est qu'une ombre, un souffle, un feu-fol-
»Moins sûr du lendemain que l'humble roiselet!» [let
Mais, hélas! mon ami, ces suaves délices
N'adouciront jamais le fiel de mes calices;
Le bonheur m'irait mal; j'ai trop ouï d'autans.
Je sortis de l'hospice, à peu près, à huit ans.
Un brave villageois, auquel j'avais su plaire,
S'offrit à seconder mon ange tutélaire,
A m'enseigner son art, quand je saurais un peu
«Lire, écrire, compter et servir le bon Dieu,»
Disait-il, saint homme, en sa langue native.
Mais, — j'avais tant souffert, — créature chétive,
Pauvre enfant d'hôpital au poignet affaibli, —
Je ne me pus jamais ployer à l'établi
(Il était menuisier). «Laisse varlope et colle
»Et retourne, demain, mon garçon, à l'école,
»Je gagnerai pour deux. Je sais ce que je fais»,
Me dit l'excellent homme, après deux mois d'essais
Désespérants. — Avec le désir de l'étude
Et, sans présomption, quelque peu d'aptitude,
Je conquis, à la fin, un filon du savoir,
Hélas! il n'était plus, alors, en mon pouvoir
De reconnaître, ami, le dévouement sublime
De l'homme maniant le rabot et la lime :
Dans son sein paternel Dieu l'avait rappelé.
Orphelin de nouveau, triste, sombre, isolé,
J'aspirais à rejoindre au ciel mon second père,

Où j'espérais savoir le destin de ma mère,
Dieu ne m'exauça point, mais envoya vers moi
Une enfant de seize ans pour calmer mon émoi,
Livia. — Je l'aimai... C'était la seule femme
Que j'eusse encore osé regarder avec l'âme.
Je tombais devant elle en adoration,
Cent fois le jour. C'était ma vénération,
Mon espoir, mon plaisir, ma nacelle sur l'onde.
Elle était et si blanche et si svelte et si blonde!
J'aurais marché, vingt ans, le plus rude chemin
Pour l'entendre me dire : « Adieu, cher ; à demain. »
Oh ! c'est que je l'aimais, moi, cette jeune fille,
Comme l'on aime au ciel. Elle était sans famille.
J'en remerciais Dieu dans mon hymne du soir,
Car je ne riais pas, alors, de l'encensoir.
« Donne-la-moi, Seigneur, à protéger; oublie
»Que je t'ai demandé, dans un jour de folie,
»Une place au banquet que préside la Mort,
»Il est, comme cela, des jours où l'on a tort.
»Je ne veux plus mourir maintenant, que, dans l'âme,
»J'ai, — céleste oasis, — de doux aveux de femme, »
M'écriais-je souvent, le front sur ses genoux,
A l'ombre des forêts. Nous devions être époux
En novembre, ce mois de deuil et de tourments,
Lorsqu'un de mes amis, tombé malade à Mantes,
M'appela près de lui, pour l'aider à mourir.
Je dus à l'amitié de l'aller secourir.
Je ne te peindrai point nos mutuelles larmes,
Tous mes pressentiments, mes secrètes alarmes,
A l'heure de me rendre au chevet du mourant,
Pauvre enfant, comme moi, long-temps belligérant
Contre l'aveugle Sort, contre la sombre Envie.
Enfin, je m'arrachai des bras de ma Livie,
Emportant son portrait, sa chère bague d'or, —
Précieux souvenirs, que je conserve encor,
Que j'arrose souvent, hélas ! de pleurs austères,
Quand j'ai tiré sur moi mes rideaux solitaires,
Quand je suis avec moi. — Je restai treize jours
Auprès du moribond et loin de mes amours.
Je revins, accablé de sinistres présages,
Car j'étais sans réponse à mes derniers messages.
J'arrive enfin, je vole où m'appelle mon cœur :
«C'est moi! Viens m'embrasser, chère Livie!...»Horreur!
Pâle comme la mort, meurtrie, agonisante,
A mes yeux consternés se montre mon amante...
Personne autour de nous, l'orage, un ciel obscur...

Evreux, 1842.

Damnation ! c'était à se briser au mur,
A renier son Dieu. — J'apprends par son délire
Ce qu'elle n'eût jamais, sans doute, osé me dire ;
J'apprends qu'en mon absence, un noble du pays
(Aussi, depuis ce jour, combien je les hais!)
S'était glissé près d'elle avec un cachemire
Et ces brillants hochets que toute femme admire,
S'en était fait aimer (infâme suborneur)
De me voler ainsi, dans l'ombre, mon bonheur)
Et, — je n'ose achever,... — l'avait déshonorée,
Un soir, que de ses dons il la trouva parée!
Oh ! comme je souffrais tous les maux de l'enfer,
Comme tu me tenais sous ton poignet de fer,
Satan ! — J'ai bien payé l'argent que je gaspille,
Je suis quitte envers toi : de ton ongle qui pille
Tu m'as pris une enfant que j'aimais à l'excès
Et tu m'a mis aux doigts une plume à succès.
Que dis-je, quitte ! hélas ! comme si femme aimée
Se pouvait comparer avec de la fumée.
Je lis porter mon gant au brave de Néris ;
Mais il était parti, la veille, pour Paris.
Le lâche ! il redoutait ma trop juste vengeance;
Et dire que le monde est plein de cette engeance ;
Et dire qu'il n'a pas de sièges assez beaux
Pour asseoir ces laquins, ces creuseurs de tombeaux.
Je ne pus pénétrer plus avant le mystère,
Car la hideuse Mort fouilla vite la terre
Sous les pas chancelants du pauvre ange tombé.
Comment, mon Dieu, comment n'ai-je pas succombé,
Cent fois pour une fois, à ces scènes funèbres?
Comment pus-je marcher un pas dans ces ténèbres?
Oh ! du moins, je reçus son suprême soupir,
Elle au champ de repos, je n'eus plus qu'à partir.
Je brisai donc, un soir, ma lyre de jeune homme,
L'œil hagard, l'œil en feu, riant, blasphémant comme
Un malheureux fou; puis, le désespoir au cœur,
Désillusionné, le sourire moqueur,
Une soif de vengeance à satisfaire, en l'âme,
Je m'en vins à Paris, pour y faire du drame,
Du roman-vérité; bref, je me fis méchant...
Poète, ô mon ami, mon plus suave chant,
Ne m'avait rapporté que critique et risée :
Un feuilleton amer, une billevesée
Me produisait plus d'or qu'un pauvre villageois
N'en reçoit, dans un an, de l'avare bourgeois.
Prononce maintenant !...

Eliacim Jourdain,

CANTIQUE D'AMOUR.

—

I

« Doutez de tout, Desdémona; mais ne doutez jamais de l'amour.... » Ainsi chantait le cygne de Stafort-sur-Avon, l'énergique et doux Shakespeare. Voilà deux cents ans que ces suaves paroles ont ravi l'oreille humaine, et elles sont aussi fraîches que le premier jour où, pareilles à un rayon de miel du mont Hymète, elles découlèrent des lèvres harmonieuses du poète inspiré, et furent lues par la Terre avide, ainsi qu'une rosée de mai.

Tel est l'heureux destin des vers qui ont pour objet les choses éternelles : en effet, tout aime sur la terre, depuis son commencement, et tout y aimera jusqu'à sa fin. Ah ! si l'amour pouvait descendre en enfer, la haine qui s'y amasse, les pleurs qui s'y répandent, les grincements de dents qui s'y poussent, les sanglots qui s'y exhalent, ne seraient pas si amers, si horribles, si déchirants, ou, plutôt, ils cesseraient d'exister.

II

Aimez donc, ô hommes. Ne cherchez pas ailleurs le bonheur, car il est tout dans ce mot profond comme la mer, hors duquel il n'y a que mort morale, comme il n'y a que damnation hors du giron de l'Église. Deux êtres qui sont unis sont plus forts que deux mille divisés entre eux, car la force, c'est l'union, c'est l'amour. C'est pourquoi Dieu créa la femme et la donna pour compagne à l'homme, — pour panser les blessures de son cœur, bien plus que pour l'endormir sur son sein de neige et le ravir par ses caresses de feu...

III

Aimez donc par l'esprit, avant que d'aimer par la chair, car la matière est périssable et ne tient rien des voluptés qu'elle promet. Aussi, faut-il compter sur un désenchantement, lorsqu'on descend jusqu'à elle, tandis que le contraire a lieu pour le cœur : plus l'on se mire dans ce miroir divin, plus l'on s'y complaît. Choisissez-vous donc une compagne et vous en tenez à elle, car le changement est le pire des voyages à la recherche de l'amour.

L'homme sage use peu de sandales ; il sait que Dieu, dans sa bonté prévoyante et infinie, a placé le bonheur au seuil de chaque maison, comme il fait fleurir le lys embaumé dans toutes les vallées, — et il se tient sur le petit coin de terre où s'écoula sa jeunesse, cette heureuse phase de la vie que nous pleurons tous. *Amen.*

Eliacim JOURDAIN.

AU BORD DE LA MER, MAI 1847.

UNE RIVALE.

Je ne m'en défends point, comtesse,
Oui , je l'avoue, un de ces jours,
Vous voyant quêter à la messe,
Sur vous j'ai tenu ce discours :
« A la comtesse Ange-Isabelle,
»Qui danse avec les fils du Roi,
»Que chacun proclame si belle,
»Je sais une rivale, moi !

»La femme du jour, sans parure,
»Compterait moins d'adorateurs ;
»Mais sa rivale, sous la bure,
»Aurait autant d'admirateurs...»
Ce franc langage vous irrite ;
Je me tais ; appelez vos gens
Et chassez-moi, je le mérite,
Car mes discours sont outrageans !

Qui vous retient ? Je le devine,
Vous attendez le dernier trait :
Le nom de la femme divine
Qui sous la bure charmerait,
O reine de nos fêtes, celle
Qui sur vous l'emporte en beauté
Est la comtesse Ange-Isabelle,
Jeune Dame de charité....

ELIACIM JOURDAIN.

A UNE JEUNE FILLE.

Tu m'as deviné, jeune fille,
J'ai le monde en aversion,
Et ma haine profonde brille,
Lorsqu'elle en trouve occasion.
Je suis méchant, je le confesse,
Méchant et bon , tout à la fois,
Car mon âme, en flots de tendresse,
Se fond aux accents de ta voix.

Jeune et pure, tu ne sais guère ;
Ecoute et retiens bien ceci :
La vie, enfant, est une guerre,
Sans paix, sans trêve, sans merci ;
Demeurer neutre est impossible,
Il faut prendre part au combat,
Il faut être l'agneau paisible,
Ou le lion au flanc qui bat.

Sur le serpent caché dans l'herbe,
Avant que je n'eusse marché,
Je n'avais pas ce ton acerbe,
Que tu m'as souvent reproché ;
Le monde avait pour moi des charmes...
Mais, cher ange, de ton œil bleu,
Qui fait, hélas ! couler des larmes ?
— Vous ! — Moi ! je ne hais plus, mon Dieu !

ELIACIM JOURDAIN.

— Imp. Levecque et Préseau, à Maubeuge. —

Du même Auteur.

LE FAVORI DES DAMES,

Messager des Salons,

MODES, LITTÉRATURE, THÉATRES, BEAUX-ARTS,

Publie en ce moment une comédie de l'auteur.

Prix de l'Abonnement : Un an, Paris et la province, 12 fr. — Etranger, un an, 14 francs.

On s'abonne à Paris, au bureau du journal, rue Bourdaloue, 5.

MAUBEUGE, IMPRIMERIE DE LEVECQUE ET PRÉSEAU.

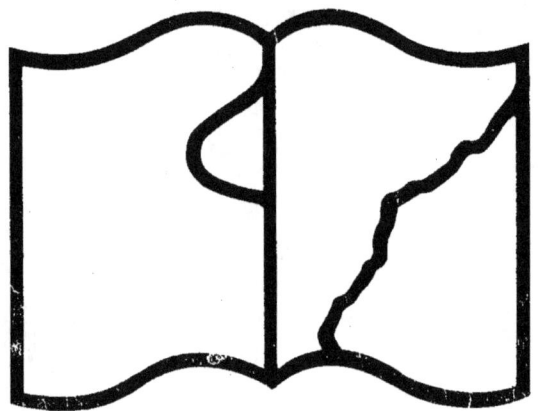

Texte détérioré — reliure défectueuse

NF Z 43-120-11

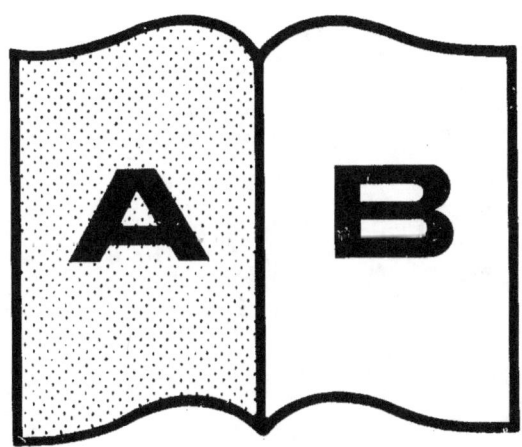

Contraste insuffisant

NF Z 43-120-14

www.ingramcontent.com/pod-product-compliance
Lightning Source LLC
Chambersburg PA
CBHW060844180626
46818CB00004B/1586